書下ろし

長編時代小説

縁《えん》切《きり》柳《やなぎ》

深川鞘番所⑦

吉田雄亮

祥伝社文庫

目次

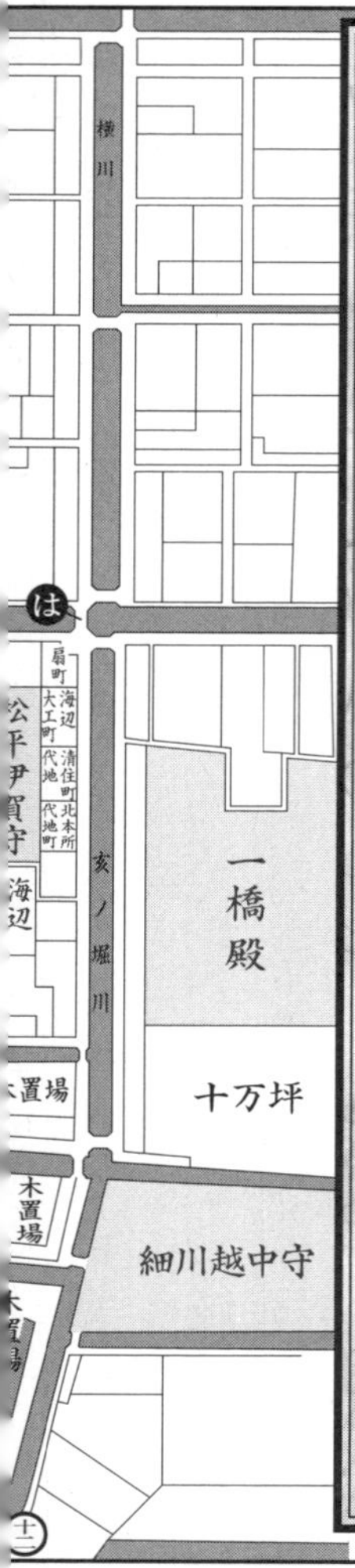

深川繪圖

㈠ 深川大番屋（鞘番所）
㈡ 靈嚴寺
㈢ 法苑山 浄心寺
㈣ 外記殿堀（外記堀）
㈤ 三櫓
㈥ 摩利支天横丁
㈦ 馬場通
㈧ 大栄山金剛神院 永代寺
㈨ 富岡八幡宮
㈩ 土橋
(十一) 三十三間堂
(十二) 洲崎弁天

● い 万年橋
● ろ 高橋
● は 新高橋
● に 上ノ橋
● ほ 海辺橋（正覚寺橋）
● へ 亀久橋
● と 要橋
● ち 青海橋
● り 永代橋
● ぬ 蓬莱橋

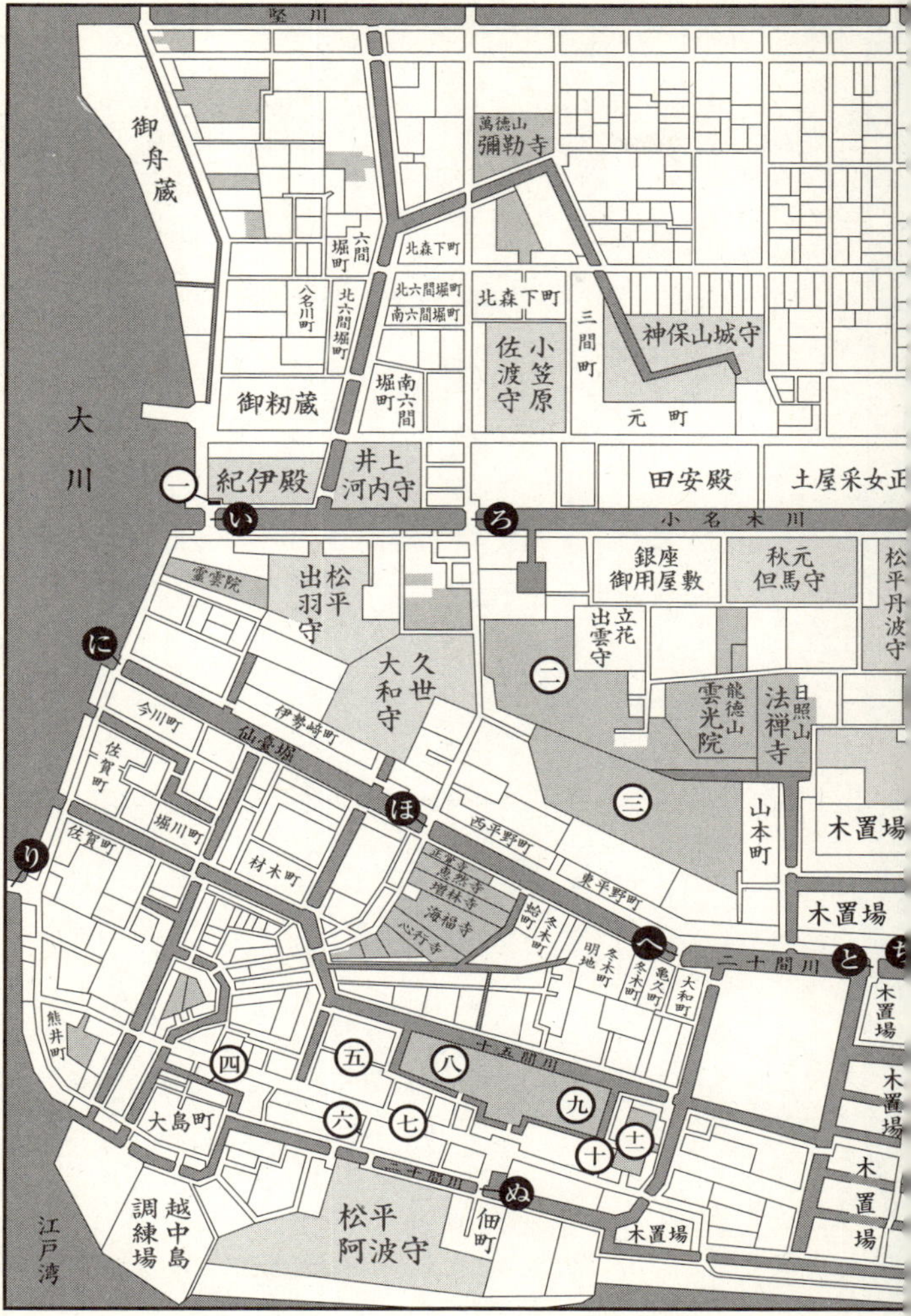
竪川
御舟蔵
萬徳山
彌勒寺
六間堀町
北森下町
八名川町
北六間堀町
北六間堀町
南六間堀町
北森下町
小笠原佐渡守
三間町
神保山城守
御籾蔵
南六間堀町
元町
大川
紀伊殿
井上河内守
田安殿
土屋采女正
一
い
ろ
小名木川
靈雲院
松平出羽守
銀座御用屋敷
秋元但馬守
松平丹波守
立花出雲守
に
久世大和守
二
能徳山雲光院
日照山法禅寺
今川町
伊勢崎町
仙台堀
佐賀町
ほ
三
山本町
木置場
堀川町
佐賀町
西平野町
り
材木町
正覚寺
恵然寺
増林寺
海福寺
心行寺
東平野町
木置場
蛤町
冬木町
明地
冬木町
冬木町
亀久町
大和町
へ
二十間川
と
ち
木置場
熊井町
十五間川
四
五
八
九
木置場
大島町
六
七
十一
十
二十間川
ぬ
木置場
越中島調練場
松平阿波守
佃町
木置場
江戸湾

本文地図作製　上野匠（三潮社）

一章　心中明暗《しんじゅうめいあん》

一

一筋に道が延びている。

突き当たりに、夜空を切り裂いて聳《そび》える、漆黒《しっこく》の影と化した鳥居が見えた。

その向こうに、高さの違う幾つかの甍《いらか》が、たがい違いに浮いている。

ごうごうと地を揺るがすような音が、間断なく響いていた。浜辺に押し寄せる波の音だった。

ここ深川《ふかがわ》で、鳥居と、その奥の社《やしろ》とおぼしき建家へつづく一本道、間近で波音が聞こえるところといえば、ただ一ヶ所、洲崎弁天《すさきべんてん》へつづく土手道しかなかった。

その土手道を、佃《つくだ》の方から歩いてくる女がいた。胸の前で両手を組んでいる。握り合わせた掌《てのひら》の間から、紙の切れ端らしきものがはみ出ていた。

縦縞《たてじま》の小紋を身にまとった女は洗い髪を後ろで束ね、紐《ひも》で結《ゆ》っていた。

出で立ちからみて、どこぞの局見世《つぼねみせ》の遊女かもしれない。

深更のこと、二十間川《にじゅっけんがわ》の対岸の、三櫓《さんやぐら》あたりの茶屋の灯《あか》りも、ちらほらと、ほんのわずかしか点《とも》っていなかった。深川にいる者たちのほとんどが眠りに落ちている、とおもわれた。

女は平野橋を通りすぎ、ゆるやかに右へ曲がって土手道に出た。

前方をまっすぐに見つめて女は歩きつづける。

少し行くと土手の左右に、小屋といってもいいほど粗末なつくりの、漁師たちの建家がつらなる一角がある。

平野橋のたもとからは半町（約五十四・五メートル）、漁師たちの住まいの群落からは一町（約百九メートル）ほど手前の、二十間川の土手に立つ一本の柳の木があった。

男女仲良くお参りすると焼き餅《もち》を焼かれて別れさせられると、下世話にいいつたえられることの多い弁天様が祀《まつ》られている洲崎弁天の参道ともいうべき土手道に立つ、この柳の木は、深川の苦界《くがい》に身を沈めた女たちから、ひそかに、

〈縁切柳《えんきり》〉

と呼ばれる、曰《いわ》く因縁《いんねん》のある木であった。

人に見られることなく、縁を切りたい情夫の名を書いた紙に、縁を切りたいと願う女の髪の毛を一本包み込んで紙縒《こより》状に捻《ひね》った縁切り文《ぶみ》を、縁切柳の一枝に結びつけると、近いうちに必ず洲崎弁天が願いを聞き届けて別れさせてくれる、という。

他愛のない縁起担ぎに似たものだといってしまえば、それまでの話だが、情夫たちに躰《からだ》を磨り減らして稼《かせ》いだ銭をむしりとられ、このままでは骨までしゃぶられることになるかもしれない、と不安にかられる女たちにしてみれば、縋《すが》ることのできる唯一無二のものなのだろう。縁切柳の枝に縁切り文が結ばれていないときはなかった。

親に売られ、吉原や岡場所などの苦界に身を沈めざるを得なかった女たちにしてみれば、一時は、

（優しげな、頼りがいのある愛《いと》しい男）

とおもった相手が豹変《ひょうへん》し、

（稼ぎを吸い尽くすだけの男）

になりさがった、とさとったとき、その縁を絶とうとしても、

〈一度、摑《つか》んだ、いい金蔓《かねづる》〉

としつこくつきまとう情夫との関わりは、そう簡単に切れるものではなかった。

やってきた女は、縁切柳の近くで立ち止まり、用心深げに何度も周囲を見渡した。

おおかた寝入っているのであろう、野良犬の遠吠えひとつも聞こえぬほどの静寂に包まれた土手道である。人目があろうはずがなかった。

人気がないことを見極めたのか、女は大きく息を吐いた。肩が揺れるほどの大きな溜息《ためいき》であった。

強く両手を握りしめる。

そのとき、一陣の風が吹き渡り、柳の枝を揺らした。

ぶるるっ、と躰を震《ふる》わせた女は、強張《こわば》った顔つきで、再び周囲を見渡した。

あきらかに怯《おび》えていた。

あらためて人気がないことをたしかめた女は、斜めに下って、そのまま二十間川に没する堤《つつみ》にむかって、足を踏み出した。

数歩ほど下った斜面に、縁切柳は根を下ろしている。

縁切柳に歩み寄った女は、風にゆらゆらと揺れている枝をかきわけ、幹近くに身を置いた。

女が握り合わせた掌を開いた。握りしめた手のなかにあるのは、一本の紙縒だった。

他人の眼には、決して触れさせたくない縁切り文である。女が、できるだけ人目につきにくい枝に、縁切り文を結びつけようとしているのは、あきらかだった。

縁切り文を柳の枝に結びつけようと身を乗りだしたとき、草の根にでも足を取られたのか、女の躰が、捩《よじ》れるように揺らいだ。

あわてた女が躰を支えようと、柳の幹に手をついた。

柳の木が、わずかに傾《かし》いだ。

刹那《せつな》……。

何か硬いものが堤に倒れこむような鈍い音が響いた。それも、一度だけではない。二度、間を置くことなく、つづいた。

音は、二十間川寄りの柳の木の根元近くから聞こえていた。

柳の木に手を添えたまま、女が音のした方を、おずおずと見やった。

黒い塊《かたまり》がふたつ、転がっている。

暗い闇のなかのこと、女には、その塊が何か、見極めがつかなかった。

幹に手を置いたまま、女がしゃがみ込んだ。

目を凝《こ》らす。

女は眉《まゆ》をひそめた。

はっきり見定めようと柳の幹に腕を回し、近寄った。

のぞき込もうと身を乗りだした瞬間、女の顔に驚愕《きょうがく》が走った。
無意識のうちに甲高い叫び声を発していた。腰が抜けたのか、その場にへたりこむ。
縁切り文は、すでに女の掌から、こぼれ落ちていた。
そのことに、女が気づくことはなかった。
口をあんぐりと開けた女は、その場から逃れようともがいた。
が、もがいたことが仇《あだ》となった。
女の躰は、草を押し潰しながら、塊のほうにずり落ちていた。
草の根をつかんで、女が躰の動きを止めるのと、何かにぶつかったのが同時だった。
ぶつかったのは、黒い塊とみえたものであった。
女が目を向ける。
大きく見開かれた、びいどろの玉のような目が、視界に飛びこんできた。
よくみると、それは、返り血を浴びた女の顔だった。
度肝を抜かれたのか、女が口を、あんぐり、と開けた。
時が凍《こお》りついたかのように、女には感じられた。

女には長くおもえた時間だったが、現実には、ほんの一瞬の間だった。

夜気を震わせて、再度、絹を裂くような女の悲鳴が、洲崎の土手に響き渡った。

二

明六つ（午前六時）を告げる時の鐘《かね》の音《ね》が風に乗って聞こえてくる。

いつもなら二十間川の流れの発する水音が、鐘の音とあいまって、聞く者の耳に心地よい響きをもたらすはずであった。

が、眼前には血塗《ちまみ》れの男と女の骸《むくろ》が横たわっている。

いかにも、

〈心中者ですよ〉

とでも、いわんばかりに男と女の左の手首は、女の締めていたであろう緋《ひ》色の扱《しご》き帯で縛《しば》りつけてあった。

深川大番屋支配にして北町奉行所与力、大滝錬蔵《おおたきれんぞう》は下っ引きの竹屋《たけや》の安次郎《やすじろう》とともに、洲崎の土手で、心中者らしき男女の骸をあらためていた。

ふたりの死骸を見つけた鶩《あひる》の局見世の遊女、お町《まち》が、血相変えて近くの木場《きば》町の自身番に駆け込んできた。

宿直の番太郎がお町に案内されていくと、柳の木の下に男女の骸が転がっている。

その柳は、俗に、

〈縁切柳〉

と呼ばれる、男と女の縁切りには霊験《れいげん》があると信じられている木であった。

鷲の局見世の遊女、お町が、そこへ出向いたということは、

〈縁を切りたい情夫がいる〉

ことを意味している。

後々の情夫との関わりをおもんぱかった番太郎は、お町を自身番に残し、深川大番屋へ走った。

知らせを受けた錬蔵は余人を頼まず、長屋に同居している安次郎を従え、番太郎と共に洲崎の土手へ向かったのだった。

男と女の右手には匕首《あいくち》が握られている。

無言で骸をあらためている錬蔵の傍《かたわ》らで膝を折った安次郎が、話しかけてきた。

「匕首ですかい。町場の心中の道具は剃刀《かみそり》、とあらかたの相場が決まっている。突き

刺すには剃刀より匕首の方がずっと役に立つだろうが、あらかじめ匕首を支度しておいたとは、用意のいい、おふたりだぜ」

「そのとおりだ。よほど覚悟を決めて、やったことだろうよ」

錬蔵が骸の男の肩に手をあてて、躰の向きを変えながら応《こた》えた。

柳の木を見やって、安次郎がいった。

「それにしても、洒落《しゃれ》のつもりか、縁切柳の下とは、妙なところを心中場所に選んだものだぜ。もっとも、男女の縁を切るのも、この世との縁を切るのも、似たような意味合いだというのなら、それはそれで、いいような気もしやすがね」

「この木が、縁切柳か」

柳の木を見やって錬蔵がつぶやいた。

「ご存じなかったんで」

問いかけた安次郎に、

「噂には聞いていたが、縁切柳がどこにあるのかは知らなかった」

「旦那は、とっくにご存じだとおもってやしたがね。あっしが、もう少し丁寧に、深川中を引き回したほうがよかったかもしれやせんね」

「一時にあちこち連れ回されても、とても覚えきれるものじゃない。少しずつ覚えていく方が、深川の町を見廻るときの、楽しみのひとつになろうってものさ」

「そうかもしれやせんね」

にやり、とした安次郎に錬蔵が、

「どうも此度《こたび》の一件は、縁切柳にとっちゃ大迷惑な話のようだぜ」

「縁切柳にとっちゃ大迷惑な話だと、いいやすと」

身を乗りだした安次郎に、

「このふたりは、浮世との縁を切りたくて死んだんじゃねえ。この世と縁を切らされたんだ」

「この世と縁を切らされた、ですって。それじゃ、ふたりは」

声を高めた安次郎に、

「このふたりは、心中したわけじゃねえのさ。殺され、心中者にみせかけて、さらされたんだ」

「殺され、心中者にみせかけて、さらされた、ですって」

鸚鵡《おうむ》返しした安次郎に錬蔵が応じた。

「骸を、なぜ、さらしたか。そこんところが、どうにも読み解けねえ」

「なぜ殺された、と見立てなすったんで」

「見な」

十手の先で錬蔵が、男の右腋《わき》の下を指し示した。

匕首で抉《えぐ》った痕《あと》が、深々と穴を開けている。

「この傷跡に、どんな意味があるというので」

「どんな心中でも、何度か、突き損じの、ためらい傷ができる。此度は、男も女も匕首を右手に握っている。当然のことながら、ためらい傷は、相手の躰の左側に傷跡が残るものだが、この仏は、左右にかかわりなく腕にも肩にも傷跡が残っている。あろうことか、この男には、右腋の下近くに深い傷跡があるぜ。命取りになった突き傷といってもいい。ここを刺すには、匕首を持った男の右手を、肩の高さほどまであげなきゃ、とても突けたものじゃない」

「つまり、男は、女が突きやすいように右腕をあげた、ということですかい」

「心中する者はたがいに相手を突き合うものだ。どちらかが、相手が突きやすいような格好をするとは、とても、おもえねえ」

「たしかに」

応えて安次郎が首を傾げた。

「このふたり、どう見える」

問いかけた錬蔵に、安次郎がふたつの骸を上から下まで、しげしげと見やって、

「ふたりとも、とても堅気《かたぎ》にはみえませんね。女は芸者か踊りの師匠《ししょう》、男は遊び人といったところでしょうか」

「女についちゃ、おれも、そう見立てる。が、男を遊び人と決めつけるには、気になることがある」

「気になることと、いいやすと」

「こいつの足を見てみな」

男の小袖《こそで》の裾《すそ》を錬蔵がめくりあげた。

「太い足だ。むかしは飛脚《ひきゃく》でも、やってたんですかね」

問うた安次郎に、

「足首からふくらはぎにかけてだが、肉がしまっていて、いまだに足をよく使う稼業についているんじゃねえかな」

「姿形は、どう見ても、ただの遊び人なんですがね。足を使う稼業か。火消しか、それとも」

見当がつかないのか、安次郎が大きく首を傾げた。

「どちらにしても、仏の身元を洗いださなければなるまい。ふたりの顔に見覚えはな

いかい」

「見たことのねえ面《つら》ですねえ」

しげしげと、ふたりの顔を見つめた安次郎が、何かをおもいついたのか、ぽん、と掌を拳《こぶし》で打った。

「猪之吉《いのきち》だ。猪之吉に顔あらためさせやしょう」

「猪之吉か。猪之吉なら女の顔をみたら、どこの誰か、わかるかもしれねえな」

深川七場所といわれる岡場所で、河水楼《かすいろう》など多くの茶屋をやっている、深川で三本の指に入る顔役と評判の、河水の藤右衛門《とうえもん》の片腕といわれる猪之吉は、深川で働く遊女たちの顔をすべて見知っている、と噂される男衆で、

〈猪之吉が顔をしらない遊女は、もぐりか新入り。猪之吉は深川の遊女たちの生き字引〉

といわれるほどの特異な能力の持ち主だった。

「猪之吉に女の顔あらためをしてもらえば、少なくとも深川の遊女かどうか、それだけは、わかるはずで。猪之吉を呼んできましょう」

立ち上がった安次郎に、

「番太郎と一緒に骸を自身番まで運んでおく。自身番で待っている」

顔を向けて、錬蔵が告げた。

自身番の、砂が敷きつめられた白洲《しらす》に男と女の骸が横たえられている。

番太郎が手配してきた荷車に、男と女の骸を乗せた錬蔵は、自身番まで運んだ。

白洲にふたりの骸を横たえた錬蔵は、待たせておいたお町から、骸を見つけ出したときの詳しい話を聞きとった。

すべてを話し終えた後、お町がおずおずと聞いてきた。

「実は、縁切り文を洲崎の堤に落としてきたのです。誰かに見つけ出され、拾われでもしたら、何かと面倒なことになりかねません。何せ、縁切り文には、あたしの情夫の名前が書いてあります。拾った者が騺にかかわりがあるものだったら、誰が、その縁切り文を書いたか、すぐわかってしまいます。誰が、どこの遊女の情夫か、どういうわけか同業の者たちのなかでは、いつのまにか知れ渡っているものでございます。拾った者が情夫の知り合いだったら、どんな仕置きを受けるかわかりません。どうしたものか、途方に暮れているありさまで」

不安げに目をしばたたかせた。

「縁切り文を落としたのか。そいつは、まずいな」

別れたがっている遊女たちをつなぎ留めるために、男たちがどんな手立てをとるか、錬蔵は安次郎から、よく聞かされていた。

別れ話がこじれて命をとられてしまった女もいる、という。命をとられぬまでも、半死半生のめにあわされたり足腰の立たないほど殴る蹴るをされたり、と手酷い仕置きをされるのがつねだった。

茶でもいれるつもりか、台所で湯を沸かしている番太郎に向き直って、錬蔵が声をかけた。

「すまないが、今一度、縁切柳まで足をのばしてくれねえかい。紙縒を一本、探しだし拾って持ち帰ってきてほしいんだ。落としたところは見当がついている。縁切柳の根元近くだ」

「紙縒といいますと、縁切り文で。そいつは、まずいや」

四十半ばの、世間の荒波をくぐってきたとおもわれる番太郎が、ちらり、とお町に目線を走らせた。

「この通り。助けるとおもって」

胸の前でお町が手を合わせた。

「まだ五つ（午前八時）の半ばも過ぎちゃいねえ。漁師たちは海へ出て漁の真っ最中だし、あのあたりは人通りの少ないところだ。必ず見つけ出して来るから、心配しねえで待っていなよ」

優しくお町に声をかけた番太郎が錬蔵に顔を向け、

「七輪で湯を沸かしておりやす。大滝さまには申し訳ありませんが、見ての通り人手がありません。茶葉を入れた急須や湯呑みは盆に載せ、そこの板敷においてありま す。茶を飲みたくなったら大滝さまのお手でお入れいただくしかありません」

「気にするな。それより縁切り文、必ず見つけ出してくれよ」

「それでは、出かけます」

浅く腰を屈《かが》めて番太郎がいった。

三

自身番は木場町は金岡橋の近くにあった。縁切柳は、二十間川をはさんで自身番とは斜《はす》向かいのところに立っている。番太郎が自身番を出ると、川風に、ゆったりと枝を揺らしている縁切柳がみえた。

番太郎は急ぎ足で金岡橋を渡って入船《いりふね》町の町家沿いに行き、平野橋を左へ折れて洲崎の土手道をすすんだ。

縁切柳に着いた番太郎は堤を下り、柳の木の根元の周りを眺めた。紙縒らしきものは見出せなかった。

膝をつき、四つん這いになった番太郎は、それこそ虱潰《しらみつぶ》しに縁切柳の根元近くの草をかきわけて、紙縒を探した。

骸が転がっていたあたりに、それはあった。草と草に挟み込まれ、紙縒の先が草の根元に絡みついている。

番太郎は腫《は》れ物に触るような手つきで草をかき分け、縁切り文を草の間から抜き取った。

遊女が、縁切り文を、どんなおもいでしたためたか、深川生まれで深川育ちの番太郎には、よくわかっていた。

この番太郎だけではない。いたるところに岡場所が点在する、いわば岡場所だらけの町とでもいうべき深川で住み暮らす町人たちのほとんどが、多かれ少なかれ岡場所とかかわりを持っている。

住人たちは、縁切り文に籠められた遊女の哀しみと苦しみ、その重さを痛いほど、見知っていたのである。

拾いあげた縁切り文を、袂《たもと》から取りだした手拭いに包み込み、懐《ふところ》に入れた番太郎は空を見上げた。

梅雨《つゆ》が、まだ明けきっていないのか、どんよりとした空に重たげな雲が幾重にも重なっている。

番太郎が、ふう、と息を吐き出した。いかにも、縁切り文がみつかってよかった、といった様子にみえた。

ゆっくりと、番太郎は堤をのぼり始めた。

自身番にもどってきた番太郎から縁切り文を受け取ったお町は、湯を沸かしていた七輪に歩み寄った。膝を折り、縁切り文を七輪に落とした。

火がついて縁切り文が燃え上がった。

お町が、縁切り文を焼き尽くす炎を、じっと見つめている。

そんなお町を、錬蔵は、無言で見やっていた。

鶩の局見世へお町が引き上げていった後、ほどなくして安次郎と猪之吉が自身番へやってきた。

骸の傍らにしゃがみ込んだ猪之吉は、しげしげと女の顔を見つめた。

うむ、と首を傾げたところをみると、猪之吉には見覚えのない女なのだろう。

念を入れるつもりか猪之吉は、女の顎《あご》に手を当てて顔の向きを変えた。

じっと、のぞき込む。

女の顎から手を離した猪之吉が立ち上がり、錬蔵を振り返った。

「見覚えがありません。深川の岡場所で働いている芸者衆や遊女たちではない、とおもいやす。もっとも、二、三日前に買われてきた女で、まだ見世にも出ておらず、お披露目前のときには、顔を見知らぬこともございます。深川の遊女ではない、とはいいきれませんが」

「そうか、猪之吉が知らぬ顔か」

応えた錬蔵が、口調を変えて問うた。

「この女の稼業を、どうみる」

「そうですねえ」

再び膝を折った猪之吉が女の右手を摑んだ。

「掌や指先に三味線の撥胼胝《ばちだこ》がありません。少なくとも芸者や鳥追い女ではないとおもいやす。ただ、堅気の女とはおもえません。料理茶屋などの仲居、あるいは居酒屋の酌婦。いや、酌婦にしては酒焼けしてねえ。仲居というのが、あっしの見立てで」

立ち上がって猪之吉が告げた。

「猪之吉の見立ては、仲居か」

「それも、時と場合によっちゃ躰も売る、転びの仲居、といったところですか」

「春もひさぐ仲居か」

重ねて問うた錬蔵に、無言で猪之吉が顎を引いた。

女の指に触れ、撥胼胝があるかどうかあらためた猪之吉の動きに、錬蔵は驚嘆のおもいすら抱いていた。猪之吉は、足抜きした遊女たちを探しだし、連れ戻す役向きも担っている、と藤右衛門から聞いている。役目柄、探索の技を、自然と身につけていったのだろう。

その猪之吉の推断である。大きくはずれてはいまい、と錬蔵はおもった。

顔を猪之吉に向け、錬蔵がいった。

「朝っぱらから呼び出しをかけて悪かったな。引き上げてくんな」

「大滝さまから呼び出しがあったら、何をさしおいても指図にしたがえ、と主人《あるじ》から命じられておりやすんで。それじゃ、引き上げさせてもらいます」

浅く腰を屈めた猪之吉に、

「ありがとうよ」

と、錬蔵が、ねぎらいのことばをかけた。

明朝まで骸を自身番に留め置き、その後、どこぞの寺に無縁仏として葬《ほうむ》るように、と錬蔵は番太郎に命じた。

自身番を後にした錬蔵は、深川大番屋へもどる道すがら、安次郎に声をかけた。

「安次郎、すまぬが、もう一度、河水楼へもどり藤右衛門に、政吉《まさきち》と富造《とみぞう》の手を借りたい、とおれがいっていると頼んでくれ。藤右衛門の許しが出たら、三人で手分けして、深川中の旅籠《はたご》や船宿、茶屋など泊まりの客を扱っている見世に、片っ端から聞き込みをかけるのだ。殺されたふたりは、深川のどこぞの見世に泊まっていたに違いない」

「わかりやした」

「おれは大番屋へもどり、ふたりと人相が一致するような人別の届けが出ているかどうか、調べてみる。前原《まえはら》には、いそぎ木場町の自身番へ向かわせ、ふたりの骸をあらためさせ、やくざの一家に身を寄せている一宿一飯の客人に、もどっていない男と女がいるかどうかを調べさせる」

「じゃ、ここで別れやす」

小さく頭を下げ安次郎が背中を向けた。

しばし見送っていた錬蔵だったが、安次郎の姿が町家の陰に消えたのをきっかけに、深川大番屋へ向かって足を踏みだした。


小名木川《おなぎ》に架かる万年橋《まんねん》をはさんで、深川大番屋と斜めに向き合う場所に、小舟を入れる御舟蔵《おふなぐら》がある。

この御舟蔵が刀を納める鞘《さや》同様、舟を納めるところから、〈鞘〉と呼ばれるようになった、という説と、深川でよく使われる猪牙舟《ちよき》などの小舟の舳先《へさき》が尖《とが》っており、刀の形に似ているところから、小舟を納める御舟蔵が〈鞘〉といわれるようになったという、ふたつの説が巷《ちまた》では流布されていた。

深川大番屋は、その〈鞘〉の近くにあるところから、いつしか、

〈深川鞘番所〉

と土地の者たちから呼ばれるようになっていた。

大番屋へもどった錬蔵は、その足で前原の長屋へ向かった。

松倉孫兵衛《まつくらまごべえ》、溝口半四郎《みぞぐちはんしろう》、八木周助《やぎしゆうすけ》、小幡欣作《おばたきんさく》ら深川大番屋詰めの同心たちは、それぞれ見廻りに出かけている刻限であった。

明け方、木場町の番太郎が大番屋へ、縁切柳のそばに男と女の骸が転がっている、と知らせに来た。出かけるときに錬蔵は前原伝吉《でんきち》の長屋に顔を出し、

「動いてもらうことができるかもしれぬ。おれがもどるまで、長屋で待っていてくれ」

と言い置いていた。

長屋へ行き、声をかけると前原が顔を出した。大小の刀を腰に帯び、すでに出かける支度をととのえている。

月代《さかやき》をのばしたままでいる前原は、一見、浪人者にみえる。以前、前原は錬蔵配下の北町奉行所の同心であった。が、渡り中間《ちゅうげん》と妻が不義を働き逐電《ちくでん》したことを恥じて、

〈一身の都合により職を辞したく〉

との書付を与力番所の錬蔵の文机《ふづくえ》に残し、行方知れずとなったのだった。

ふたりが再会したのは錬蔵が深川大番屋支配として深川へ赴《おもむ》いた直後である。やくざ一家の用心棒として現れた前原に錬蔵は、

「もう一度、おれの配下として働いてみる気はないか」

と声をかけた。一時、悩んだ前原だったが、錬蔵の配下として務《つと》めることを決意し

たのだった。

が、前原の身分は、以前の同心ではなく、安次郎同様、あくまでも錬蔵の下っ引きという扱いであった。

行方を晦《くら》ましていた間、前原はやくざの用心棒をやりながら日々のたつきを稼いでいた。探索の任についている今も、用心棒の頃に付き合いのあったやくざたちとの触れ合いはつづいている。そのやくざたちが、前原の貴重な探索元となっていた。

「用部屋へまいろう」

声をかけて錬蔵が歩きだした。無言で顎を引いて、前原がつづいた。


用部屋に入った錬蔵と前原は、向かい合って坐った。

正面から前原を見つめて錬蔵が口を開いた。

「縁切柳の根元に男と女の骸が横たわっていた。右手に匕首を握りしめ、たがいの左手首を扱き帯で縛り合ってな」

「心中、ではない。御支配は、そう見立てられたのですな」

問うた前原に、

「骸をあらためると、色々と不審な点があってな。おれは、殺された、とみている」

「私は、何を調べればよろしいので」

応えた錬蔵に前原が問いを重ねた。

「その手筈《てはず》だが」

あらためた骸の不審な点を告げた錬蔵は前原に、木場町の自身番へ出向き自分の眼で骸をあらためること、それから、深川中のやくざの一家に片っ端から顔を出し、客人として泊まり込んでいるやくざたちのなかに、昨日、出かけたきりもどってきていない者はいないか、骸の人相に似た男女がいるかどうか、聞き込みをかけるよう命じた。

「委細承知しました。出かけます」

脇に置いた大刀に前原が手をのばした。


用部屋を出た錬蔵は人別帳などがおさめられている書庫部屋へ向かった。

一刻《とき》（二時間）ほど人別帳にあたったが、骸の男女のものではないか、とおもわれる人別は見当たらなかった。

もはや書庫部屋でやるべき事はなかった。錬蔵は用部屋へもどった。

文机の前に坐る。

出かけて聞き込みをかけよう。このまま無為に時を過ごすことはない。一瞬、錬蔵は、そう、おもいたった。

が、立ち上がりかけて、止めた。下手に動きまわっては、安次郎からの知らせを受けとる時刻が遅れる恐れがある、と思い直したからだった。

殺された男と女が泊まっていた先は、存外、さほどの手間もかからぬうちにわかるかもしれない。そう錬蔵は推測していた。長年の探索で培《つちか》った勘、とでもいうべきであろうか。

深川中の船宿、茶屋、旅籠をあたっても、せいぜい数十軒。深川のことを知り尽くした安次郎、政吉、富造の三人にしてみれば、さほど難しい聞き込みではない、との見立ても錬蔵にはあった。

文机には処理しなければならない、深川の名主たちから届け出られた書付が、山と積まれていた。

安次郎たちの知らせを待つ間に出来うる限り書付に目を通し、決裁すべき書付を作成しなければなるまい。錬蔵は、文机に置かれた書付の一枚を手にとった。

四

馬場通りは一ノ鳥居をくぐり抜け、福島橋を渡って左へ折れた安次郎は枝川沿いに浜通りへ向かった。

枝川の両岸にある相川町、中島町には船宿が数軒ある。安次郎は、それらの船宿に片っ端から聞き込みをかけたが、昨夜からもどっていない泊まり客は、ひとりもいなかった。

黒江川の両岸、大島川沿いに建つ船宿、茶屋などを安次郎は虱潰しにあたっていった。

三刻（六時間）ほど聞き込みをかけた安次郎だったが、昨夜来、もどっていない泊まり客など、どこにもいなかった。

蛤《はまぐり》町は外記殿《げきどの》堀の岸辺で足を止めた安次郎は、周りを見渡した。

対岸に大行院《だいぎょういん》の甍が、その向こうに一ノ鳥居が高々と聳え立っている。一ノ鳥居の奥に西念《さいねん》寺、右手には火の見櫓《やぐら》が屹立《きつりつ》していた。安次郎のいる河岸道からは見えないが、火の見櫓の下には表《おもて》櫓、裏櫓、裾継《すそつぎ》の、俗に三櫓と呼ばれる岡場所がひろがっている。

向こう岸の風景が、安次郎に政吉と富造のことを思い起こさせた。十五間川と仙台堀《せんだいぼり》の間の一帯に聞き込みをかけている政吉、十五間川から小名木川までの一角を調べている富造も、手がかりらしきものを何ひとつ掴めていないだろう、と安次郎は推量した。

突然、水飛沫《しぶき》とともに川面《かわも》を割って魚が跳ね上がった。半円を描いて、水中に没する。相次いで、数匹の魚が飛んだ。

水面を揺らして魚が川に飛びこんでいく。残った波紋が広がり、次第に川の流れにまきこまれ、揺れながら消えていった。

外記殿堀の水面が、いつもの姿にもどるまで、安次郎はじっとそのまま立ち尽くしていた。

探索に無駄は付き物、と知り抜いている安次郎だった。が、そうとわかっていても、このまま調べつづけても手がかりのひとつも掴めないのではないか、との弱気が、安次郎のなかで頭をもたげてくる。

首を後ろにそらした安次郎は、ぽん、と右手で左の肩を叩いた。朝早くから動き回っている。安次郎は、少なからず疲れを覚えていた。

（もう一踏ん張り）

そうこころに言い聞かせ、安次郎は次なる聞き込みに仕掛かるべく、足を踏み出した。

一踏ん張りした安次郎に、ほどなく、予測もしない好結果がもたらされた。

畳横丁近くの船宿〈浜よし〉で、ここ数日、泊まっていた男女ふたり連れの客が、昨夜からもどってこない、荷物は部屋に残してあるし、どうしたものか、と応対に出た仲居が困惑した様子で安次郎に話したのだ。骸の男女の人相を告げると、

「似ています」

と即座に応えた。

いま、事細かく聞き込みをかけても、いずれ錬蔵の出馬を仰《あお》がなければならない。錬蔵と一緒に調べたほうが手間がはぶけると、咄嗟《とっさ》に安次郎は判断した。

仲居に顔を向けて、告げた。

「もう一度、出直してくるぜ。調べの筋だ。ふたりの泊まっていた部屋はそのままにしておいてくんな」

「じき、来られますか」

聞いてきた仲居に、

「鞘番所を往き来するだけだ。それほど時はかからねえや」

応えるや、安次郎は仲居に背中を向け、浜よしを飛び出した。


鞘番所にもどってきた安次郎から復申を受けた錬蔵は、まだ決裁していない書付を、そのまま文机の上に残し、用部屋を出た。

浜よしに着いた錬蔵と安次郎は、出迎えた主人と安次郎の聞き込みに応じた仲居の案内で、男と女が泊まっていた座敷へ向かった。

男の荷物は振り分け荷物に、女の荷物は風呂敷に包んであった。なかには、着替えや手拭い、衣が破けたときにそなえてか、針や糸など繕《つくろ》い物をするための道具が入っていた。

不思議なのは振り分け荷物にも、風呂敷包みにも繕い物の道具一式が納められていたことである。

ふたりの持ち物をあらためた後、主人を振り向いて錬蔵が問うた。

「ふたりは、いつから泊まっていたのかい」

船頭も兼ねているのか、色黒でがっちりした体躯《たいく》の、五十歳になるかならぬかとみえるぎょろりとした眼の主人が、記憶をたどりながら指を折って数えた。

「かれこれ五日になりますか。豊島郡《としまごおり》から深川見物にやってきた夫婦者という触れこみでしたが。男は三十そこそこ、女は二十代なかば。年の頃だけみれば、夫婦者に見えました。お勝《かつ》のいうことには」

といいかけて、ことばを止め、ちらりと仲居に眼を向けた主人がつづけた。

「お勝というのは、この仲居のことでして」

愛想笑いを浮かべて、お勝が小さく頭を下げて、口をはさんだ。

「それが、様子をみていると、どうみても夫婦者には見えないんですよ。食事は一緒にするんですが、寝床はふたつ敷いてくれ、ということで。朝、寝床をたたむときに、わかるでしょう、ひとつ床にふたりが寝たかどうかは。このふたり、泊まった三日の間、一度も、一緒に寝た様子はない。それどころか、話していても、どこか他人行儀で遠慮がある。朝早く見物に出かけて夜遅く帰ってくる。晩飯は軽い夜食という始末でして。それで住み込みのあたしが、おふたりの世話する役を仰《おお》せつかったわけで。とても通いの仲居では、つとまるお客ではありませんでしたよ」

早口で喋りまくるお勝の口を封じるように、錬蔵が問いかけた。

「ふたりに、何か探し物をしているような様子はなかったかい」

呼びかけるように片手を小さく振り、これ以上もないほど目を大きく見開いて、お勝が応えた。

「それが、何とも、妙ちきりんな、色気なしの探し物でしてね」

「色気なしの、探し物と、いうと」

「五十半ばの爺《じい》さんを探している、というのですよ」

「五十半ばの爺さんだって。そりゃ、正真正銘の色気なしだ」

横から安次郎が、声を上げた。

ちらり、と安次郎に目を向け、視線を錬蔵にもどしたお勝が、

「そうなんですよ。ひょっとしたら、どちらかのお父っつぁんかもしれない」

つぶやくようにいい、首を捻った。

「ふたりが探していた爺さんの人相など、聞いてないかい」

問いかけた錬蔵にお勝が、

「もちろん、聞いてますよ。心当たりはないか、と尋ねられ、深川のどこかにいるはずだ、見かけたら教えてくれ、と頼まれたくらいで」

「どんな風体《ふうてい》だい」

「背は中くらいで細身。眼は切れ長の一重《ひとえ》で、優しげにみえる。右の下顎に、小豆《あずき》大

のほくろがある。動きは軽やかで、歩くのが速い。一見、大店《おおだな》の番頭風だが、どこか小粋《こいき》な感じがする」

「右の下顎に小豆大のほくろがあるのか」

「そういってましたよ。あたしは、二度も、爺さんの風体を聞かされましたよ、男と女のふたりからね。それで、よく憶えているんですよ」

意味もなく、ひとり大きく、お勝がうなずいてみせた。

「ありがとうよ。お陰で、いい話がきけたよ」

応えた錬蔵に、お勝が、

「お役に立ったみたいで、あたしも嬉しゅうございますよ」

と、相好《そうごう》を崩した。

明朝まで骸の始末をつけないよう、番太郎には命じてあった。主人に向き直って、錬蔵が告げた。

「すまないが木場町の自身番までつきあってくれねえかい。骸の顔あらためをしてほしいんだ。気丈なようでも、お勝さんは女の身、まともに死人《しびと》の顔をのぞかせちゃ可哀想な気もするからな」

「お供いたします」

青ざめた顔で主人が浅く腰を屈めた。

木場町の自身番に着くなり錬蔵は、浜よしの主人に骸の顔あらためをさせた。白洲に横たわる男と女の顔を、じっと見つめて、主人は、大きく息を呑んだ。

「夫婦者と名乗って泊まっていた、ふたりかい」

問いかけた錬蔵を振り向いて、主人が、

「間違いございません。こんな変わり果てた姿になるとは。いまとなっては、宿帳もとらずに泊めたことが、悔やまれてなりません」

申し訳なさそうに深々と頭を下げた。

「なあに、宿帳をとっていても、ほんとうの名を書いたとはおもえねえ。ここは深川、町中が遊び場といっても、おかしくねえ土地柄だ。亭主の目を盗んで不義を愉《たの》しみにくる内儀もいる。杓子《しゃくし》定規なことをやっていては、商いもしにくかろうよ」

いってのけた錬蔵に、

「旦那、このとおりでございます」

再び、主人が深々と頭を下げた。

浜よしの主人が自身番を出ていったのを見届けた後、錬蔵は、番太郎に声をかけた。

「ふたつの骸と一緒に一晩過ごすのは、あんまり気色のいいものじゃないだろう。すぐに骸の始末をつけてもいいぜ。近くの、出入りの寺に無縁仏として葬ってくんな。馴染みの、融通をきかせてくれる寺はあるのだろう。ないなら、心当たりの寺に話をつけてもいいが」

「近くに、無縁仏を引き受けてくれる存じ寄りの寺がございます。そこに運び込むつもりで」

「朝早くから、よく働いてくれたな。これからも、よろしく頼むぜ」

笑みを含んで番太郎にことばをかけた錬蔵は、安次郎を振り返った。

「行くぞ」

いうなり、足を踏み出していた。安次郎がつづいた。

五

外にはすでに夜のとばりが降りていた。

自身番から出た錬蔵は、歩きながら安次郎に告げた。

「猪之吉や政吉、富造に探索を手伝ってもらっている。河水楼へ顔を出し、藤右衛門に礼のひとつもいわねばなるまい」

「旦那にそうしていただけると、あっしも今後、いろいろと頼みやすくなりやす」

肩越しに安次郎が応えた。

門前仲町《もんぜんなかちょう》に向かう道筋に点在する岡場所の見世見世の軒行燈《あんどん》や提灯《ちょうちん》には、明々と火が灯り、遊びに来た男たちがそぞろ歩いていた。深川の遊び場が、活気づく頃合いであった。

着流し巻羽織の、いかにも御上《おかみ》の御用を務める者とみえる出で立ちの錬蔵が道を行くと、あわてて建家の陰に姿を隠す男や女がいた。

おそらく、客引きの男や、客の袖を引きに通りに出てきた夜鷹《よたか》の類《たぐい》であろう。錬蔵は見て見ぬふりをした。取り締まりをするつもりでやってきたのではない。ただの通りすがりに、でくわしただけのことであった。

夜鷹や舟饅頭《ふなまんじゆう》などの稼業の女たちにも、躰を売ってでも食っていかねばならぬ、それなりの切羽詰まった理由があるのだろう。

客引きの男の中には、知り合いの、その日の食い物にも事欠く堅気《かたぎ》の女房から頼まれて、悪い虫がつくよりは自分が客をつけてやったほうがよかろう、と半ば人助けのつもりで動いている輩《やから》もいる、と安次郎から聞いたことがある。

それぞれが、あらんかぎりの知恵をめぐらして、生きるための銭を稼ごうとしているのだ。他人に迷惑をかけぬかぎり、しらぬふりをしていよう。それが、深川大番屋支配として深川に赴任し、深川の住人と触れ合い、その暮らしぶりを見聞きするにつれて固まっていった錬蔵の考えだった。

そんな錬蔵の気持がわかっているのか、安次郎も、こそこそと町家の陰に隠れる男や女を咎《とが》め立てしようとはしなかった。錬蔵以上に、御法度の埒外《らちがい》の稼業でしか生きられない町人たちの悲哀を知り抜いている安次郎であった。


河水楼に、藤右衛門はいた。

暖簾《のれん》をかきわけて入ってきた錬蔵と安次郎に気づいた藤右衛門が坐っていた帳場から立ち上がり、上がり端までやってきた。

「いそがしい頃合いだとはおもったのだが、いろいろと世話をかけている。お礼かたがた足を向けた」

声をかけた錬蔵に、

「政吉も、富造も、まだもどっていませんが、聞き込みもままならぬ、邪魔にされ邪険に扱われる刻限、そろそろ帰ってまいりましょう。まずは、いつもの座敷へ」

と先に立って、藤右衛門が帳場の奥の間へ案内した。

向かい合って坐るなり藤右衛門が聞いてきた。

「安次郎から聞いております。やはり、殺しでございますか」

「まず間違いなかろう。仏が、どこから来たのか、どこの誰なのか。皆目、見当がつかぬ」

応えた錬蔵に藤右衛門が、問いを重ねた。

「余所者《よそ》でございましたか。何をしにきたのでしょうか。遊びに来たともおもえませぬが」

「人探しだ」

「人探し？」

訝《いぶか》しげに藤右衛門が首を傾げたとき、帳場との境の、戸襖《とぶすま》のそばに坐っている安次郎が口を入れた。

「それが、探している相手は爺さんなんですよ」

「爺さん、だと。爺さんとなると、厄介《やっかい》ですな。年寄りは、あまり外に出たがらない。人との触れ合いも少なくなる」

ことばを切った藤右衛門が、錬蔵を見つめてつづけた。

「よろしければ、人相を、お聞かせください。男衆に話しておけば、どこぞで見かけるかもしれない。犬も歩けば棒に当たる、との譬《たと》えもあります」

「探していた相手の人相だが」

浜よしに泊まっていた男女の客から、お勝が聞かされた、ふたりが探し求めていた相手の人相を、錬蔵は藤右衛門に語ってきかせた。

「右の下顎に小豆大のほくろがある。そこだけですかね、手がかりになりそうなところは。他の部分は、肥ることもあるし、出で立ちで変わる。が、右の下顎にほくろがある爺さんは、何人もいる。その程度の手がかりで人探しをするとなると、なかなか、はかがいきますまい。おそらく」

「おそらく、とは」

問うた錬蔵に藤右衛門が応じた。

「ふたりは爺さんの顔を見知っていたんでしょうな。とりあえず右の下顎に小豆大のほくろがある爺さんの見当をつける。噂を聞きつけたら、顔をあらためにでかける、といった段取りだったんじゃないか、とおもいますがね」

「おれも、そうおもう」

にやり、と藤右衛門が意味ありげな笑みを浮かべて、錬蔵を見やった。

「かくいう私も、右の下顎に小豆大のほくろのある爺さんを知っているひとりで」

「右の下顎に小豆大のほくろのある爺さんを知っている？」

鸚鵡返しした錬蔵に、藤右衛門が笑みをたたえて応えた。

「もっとも大店の番頭風で、小粋な感じがする、というのが大違いでして」

「その男、どこの誰かな」

「私が土橋《どばし》でやっている〈松月楼《しょうげつ》〉という茶屋で下男として働いている、五十代半ばの老爺《ろうや》ですよ。名を作兵衛《さくべえ》といいます」

「口入屋の斡旋で、雇い入れたのか」

「いえ。ご贔屓《ひいき》筋の旦那の口利きがありましてね。三年前に雇いました」

「なら身元はたしかだな」

「ご贔屓筋の旦那というのは木場の材木問屋、甲子屋《かっし》さんですよ。木材の買い付けに出た旅先で奉公人のひとりが怪我《けが》をして不自由しているとき、たまたま同じ宿に泊まっていて何かと手を貸してくれた。もと大工だったということで木材の扱いになれている。重宝な男なので、手放したくないとおもって、話を聞いてみると、生き別れの子供を探しに江戸へ出るところだ、というので一緒に連れてきた。できれば住み込みで働きたい、といっている。雇ってもらえないか、ということでして。会ってみたら実直そうな男だったので雇い入れました」

「その口振りでは、満足できる勤めぶりのようだな」

「愛想なしですが、陰日向《かげひなた》のない、実直な男です」

応えて藤右衛門が微笑んだ。

「そうか。陰日向のない、実直な男か」

なら、心中を装って殺されたふたりが探していた男とは別人であろう、と錬蔵は推断した。

小半刻（三十分）ほどして政吉と富造が、相前後して河水楼に帰ってきた。

「申し訳ありやせん。何も摑めませんでした」

ふたりが異口同音に聞き込みの結果を錬蔵に報告し、

「安次郎さんから聞きましたが、ふたりが泊まっていた宿を探し当てたそうですね。どうにも役立たずに終わっちまった」

と、ふたりとも無念さを滲ませて、小さく頭を下げたものだった。

「また、手伝ってくれ」

と政吉と富造にいい、安次郎とともに引き上げようとした錬蔵を、

「半刻（一時間）ほど、のんびりなさったらいかがですかな。夕餉《ゆうげ》でも支度させますが」

と、藤右衛門が引き留めた。

見廻りから松倉孫兵衛ら四人の同心たち、聞き込みに出た前原も、すでに深川大番屋へもどっている刻限である。一同に、明日からふたりの骸の身元について探索するよう今夜のうちに命じておこう、と錬蔵は考えていた。

「急ぎ探索せねばならぬことができた。申し出はありがたいが、今日のところは、このまま帰らせてもらう」

丁重に藤右衛門に断りを入れ、錬蔵は河水楼を後にしたのだった。

同心たちや前原は、すでに深川大番屋にもどっていた。

用部屋へ一同を集めた錬蔵は、まず、それぞれから報告を受けた。同心たちの復申は、

「いつもと変わらぬ」

であり、前原の復申は、

「手がかりなし」

というものであった。

一同に、心中にみせかけて殺された男女について、わかっていることをつまびらかに話して聞かせた錬蔵は、

「明日より、見廻りのかたわら、ふたりの身元の探索をはじめよ」

と命じた。前原には、やくざ一家への聞きこみをつづけるよう指図をした。

小者につくらせた夕餉がわりの握り飯ふたつを食した錬蔵は、決裁を急ぐ書付を二通したためた。

文机の上を片付けた後、錬蔵は、にわかに思い立って縁切柳へ向かうことにした。

ふたりの骸を、なぜ、そこにさらしたのか。そのことが、いまだに、こころに引っ掛かっている。

すでに四つ（午後十時）は、とうに過ぎていた。朝から動きづめの安次郎に声をかける気は、さらさらなかった。

深編笠に着流し、という忍びの姿で、錬蔵は大番屋を出た。

平野橋を渡り、洲崎の土手道へ出ると、あたりには、すでに人影はなかった。二十間川の水音以外は聞こえぬほどの静けさが、その場に立ち籠めていた。

行く手に、縁切柳が黒い影を浮かして、川風に枝を揺らしている。

これでは殺された男女と命のやりとりをする賊《ぞく》の姿を見た者はおるまい。錬蔵は胸中で、そうつぶやいていた。

そのときだった。

突然、闇の中から、呻《うめ》き声があがった。断末魔《だんまつま》の声に似ていた。

声は縁切柳の方から上がっていた。

大刀の鯉口《こいぐち》を切りながら錬蔵が走り出したのと、縁切柳の後ろから、もつれあう、ふたつの影が現れるのが同時だった。

影のひとつが離れて、錬蔵とは反対の方角へ走り去っていく。残るひとつの影は、縁切柳の幹にすがりつくようにして崩れ落ちた。

逃げ去った影は素早かった。みるみるうちに遠ざかっていく。

堤を駆け下り、錬蔵は縁切柳に向かった。

根元に着流しの男が横たわっている。走り寄った錬蔵が片膝を突き、男を見つめた。胸に匕首が突き立っていた。

男を抱き起こした錬蔵は匕首を引き抜こうとして、動きを止めた。匕首は、柄もとまで深々と突き刺さっている。下手に抜けば、抜いた瞬間、血が噴《ふ》き出し、男が息絶える恐れがあった。

「しっかりしろ。誰に、やられた」

声をかけた錬蔵に向かって、助けを求めるように男が手をのばしかけた。

「高町の、文五郎《ぶんごろう》。たか、まち」

そこまでだった。

大きく喘《あえ》いで男がのけぞった。

男の躰から一気に力が抜けていく。

男の躰の重みが、ずしり、と抱いている錬蔵の腕にのしかかった。

「高町の文五郎」

黒い影が逃げ去った方角を見据えて、錬蔵は、おもわず、その名を口に出していた。

二章　凶盗追尾《きょうとうついび》

一

「高町の文五郎」

と言い残し、縁切柳のそばで殺された男の骸《むくろ》をその場に横たえた錬蔵は、木場町の自身番へ向かった。

深更のことである。殺し合ったあたりの探索をするには、灯《あか》りが足りなかった。

ふたりの男が揉み合ったのだ。どちらかが、何か手がかりになりそうなものを落としたに違いない、と錬蔵は推測していた。

縁切柳の周りに人が立ち入らぬよう、見張らせる必要があった。

自身番の表戸をあけて錬蔵が入っていくと、気がついたのか、式台の奥の座敷から番太郎が出てきた。

番太郎の顔に困惑が浮いた。

「男と女の骸は、無縁仏として近くの寺へ葬《ほうむ》りましたが、あらためねばならぬ何事かができましたか」

「葬ってもらったふたつの骸には、かかわりのないことだ。悪いが、急ぎ働いてもらわねばならぬことができた」

応《こた》えた錬蔵に、

「どんなことをすれば、よいので」

番太郎が聞いてきた。

「縁切柳のそばに、匕首《あいくち》を胸に突き立てられた男の骸が転がっている。その骸の周りに、人を入れないよう見張っていてほしいのだ。今一度、おれも骸のあるところまで一緒に行く」

「わかりました。すぐ支度します」

筵《むしろ》を抱え、蠟燭《ろうそく》に火を点《とも》した提灯を手にした番太郎とともに錬蔵は自身番を出た。

縁切柳のそばで、男は匕首を胸に突き立てたまま横たわっていた。錬蔵のみるかぎり、誰かが周りに足を踏み入れた形跡はなかった。

人が近づかぬように、土手道から縁切柳へ向かって堤へ降りていくあたりに、番太郎を見張りに立たせた錬蔵は、

「明六つ（午前六時）前には、ここに、もどってくる」

と言い置いて深川大番屋へ足を向けた。


大番屋へもどった錬蔵を安次郎が寝ずに待ち受けていた。

長屋の表戸を開けた音を聞きつけたのか、安次郎が自分が寝起きしている部屋から出てきた。板敷の間へ上がってきた錬蔵の顔をみて、不満げに口を尖《とが》らせ話しかけてきた。

「旦那、水臭いじゃねえですか。長屋へのお帰りが遅いので、小者に尋ねたら『お忍びの姿で出かけられました』という。出かけるなら声をかけてくださいよ。あっしも、お供しましたものを」

「そういうだろうとおもって、声をかけなかったのだ。朝から動き詰めだ。少し休ませてやりたい、とおもったのでな」

応えた錬蔵に、

「余計な斟酌《しんしゃく》というものですぜ。おかげで何かあったんじゃないか、と心配して、眠れずじまいじゃねえですか」

いったん、ことばをきった安次郎が、問いかけてきた。

「ところで、何か起きたんですかい」

「起きた。殺し、がな」

「殺しですって」

「それも、ご丁寧に縁切柳のそばだ」

「縁切柳で、また、殺しですかい」

「今度は、少し離れちゃいたが、おれの目の前でやりやがった。男の胸に匕首を突き立てて逃げていった。逃げ足が速くて軽やかな身のこなしだったぜ」

「手がかりを残していなかったんですかい、その野郎は」

「刺された男が、男の名を言い残した。高町の文五郎、とな」

「高町の文五郎」

聞き覚えのない名なのか、首を傾《かし》げた安次郎に、

「四年ほど前まで関八州《かんはっしゅう》一円を荒らし回った盗人《ぬすっと》だ。江戸の大店《おおだな》にも何軒か、押し込んでいる。〈殺さず、犯さず、貧しきからは盗まず〉の信条を押し通した大盗人だ」

「四年前まで、といわれましたが、近頃は盗みを働いていないんで」

「ぷっつり、とな」

「〈殺さず、犯さず〉を貫いた盗人の高町の文五郎が人を殺《あや》める。仲間割れでも起き

たんですかね」

「わからぬ。北町奉行所の書物蔵には高町の文五郎一味の人相書きが処分されずに、まだ残されてあるはずだ。明日にでも、北町奉行所へ出かけて当たってみる」

「あっしは、どうしやしょう」

「いま刺された男の骸の見張りを木場町の番太郎にやらせている。七つ半（午前五時）過ぎには、おれは縁切柳へ向かうつもりだ。真夜中のことだ。提灯片手じゃ、草の生い茂った堤の探索は、ままならない。明六つ前には縁切柳にもどる、と番太郎に約束したんでな」

「あっしも、お供しやすぜ。骸の周りを虱潰《しらみつぶ》しに探って手がかりを見つけ出そうという話だ。人手は多いほうがいいとおもいやすんで」

「頼む。とりあえず仮眠をとろう」

「わかりやした。お櫃《ひつ》に冷や飯が残っています。いまから、朝飯がわりの握り飯でもこしらえておきやす。食べながら縁切柳へ向かいやしょう。腹が減っては戦は出来ぬ、といいやすからね」

そういうなり、安次郎は土間に降り立った。錬蔵を振り向いて、いった。

「旦那の寝床も敷いてあります。汗を拭くのなら桶《おけ》に水を汲んできますが」

「いつも気遣ってくれて、すまぬ。着替えたら、井戸端へ行き、水を汲みあげて汗を拭く。握り飯をこしらえたら、おれにかまわず眠ってくれ」

笑みを含んで錬蔵が応えた。


七つ半過ぎに錬蔵と安次郎は、大番屋を出た。安次郎がつくってくれた握り飯を頬張りながら、錬蔵は縁切柳へ急いだ。

二十間川の浅瀬で、褌《ふんどし》姿の、腰に魚籠《びく》を下げた数人の男たちが、中腰になって水の中に手を突っ込んでいる。なかに十歳程度の男の子の姿もみえた。蜆《しじみ》でも探し当てたのか、水中から出した手に摑んでいたものを、魚籠に投げ入れた。

横目で、蜆取りたちの姿をみながら錬蔵は平野橋を渡った。ひたすら蜆取りに励む男たちに、錬蔵は胸中で、

（番太郎に骸を見張らせておいてよかった）

と、おもった。

蜆取りたちが正直者ばかりとは限らない。番太郎が見張っていなければ、横たわっている骸の懐《ふところ》をさぐって、巾着《きんちゃく》や金目のものを抜き取るぐらいのことはやってのけたかもしれない。いや、巾着などに手をかけるぐらいなら、まだいい。盗みの証拠

を隠すために、堤から骸を引きずり下ろし、二十間川に沈めることぐらい、やってもおかしくないのだ。

洲崎の土手道に出た錬蔵の眼に飛びこんできたのは、縁切柳近くの土手道に寄棒を抱くようにして坐り込んでいる番太郎の姿だった。

やってくる錬蔵と安次郎に気づいたのか、番太郎が立ち上がった。

歩み寄った錬蔵に番太郎が浅く腰を屈《かが》めた。

「異常はありません。骸も骸の周りも、昨夜のままでございます」

「御苦労ついでに、もう少し付き合ってくれ」

「何でも、お命じください」

番太郎が頭を下げた。

初夏の朝は早い。

明るい中で見る骸の顔は、意外と若くみえた。昨夜は、四十過ぎに見えたが、三十半ばとおもえた。

男の胸から錬蔵が匕首を抜くと、どろり、とした生乾きの血が流れ出た。

血の臭いが、あたりに漂う。

見ると、安次郎は、すでに膝を折り、生い茂る草をかきわけながら、手がかりになりそうなものを探している。錬蔵は安次郎と番太郎に声をかけた。

「調べる範囲を三つに区切ろう。安次郎は、いまいるところを中心に左手を、そちは縁切柳から土手道側を、おれは、残る一角を探る」

「わかりやした」

「何か見つかったら声を掛けることにします」

ほとんど同時に、安次郎と番太郎が声をあげた。

二刻（四時間）ほど骸の周囲を、それこそ草の根を分けるようにして調べ上げたが、手がかりになりそうなものは何一つ残されていなかった。

これ以上の探索は無意味、と判断した錬蔵は、番太郎に、

「安次郎とともに骸を自身番に運び込み、おれが無縁仏として葬るよう指図するまで、白洲に置いといてくれ」

と命じ、安次郎に、

「おれは北町奉行所の書物蔵にいる。骸を自身番に運び込んだら、年番方与力の笹島《ささじま》隆兵衛《りゅうべえ》様を訪ね、書物蔵への案内を乞え。書物蔵で、おれの調べを手伝うのだ」

「書物蔵での調べ物ですかい。そいつは難儀だ。あっしは、字を見ているだけでも、頭が痛くなる質《たち》なんで」

半ば本気で安次郎が顔をしかめた。

二

北町奉行所へ出向くときには、錬蔵は新大橋を渡ることにしていた。縁切柳で安次郎たちと別れた錬蔵は平野橋を渡り、入船町へ出て二十間川に架かる汐見橋《しおみ》へ出た。

行く手に一ノ鳥居が高々と、そそり立っている。まっすぐにすすむと馬場通りであった。錬蔵は威容を誇って聳《そび》える富岡《とみおか》八幡宮と、別当、永代《えいたい》寺の本社と御堂を右手にみながら歩をすすめた。

人の往来が激しい。

流れからみて富岡八幡宮か永代寺へ参詣に出向く者たちとおもえた。

〈富岡八幡宮の社頭には、牡蠣《かき》、蜆、蛤《はまぐり》、鰻《うなぎ》などの、深川名産の料理を売り物とする『二軒茶屋』があり、天下一の美味、との評判をとって遊客たちが絶えなかった〉

と『江戸名所図会』にはしるされている。

富岡八幡宮や末社の深川不動尊、別当の永代寺などへ詣《もう》でる者たちのほとんどが、参詣より料理茶屋での食事を愉《たの》しみにしていた。

深川の見世見世の繁盛振りを横目にみながら錬蔵は一ノ鳥居をくぐり、浜通りに突き当たって右へ曲がった。

左手に大川に架かる永代橋がみえた。下ノ橋、中ノ橋と渡り、上ノ橋にさしかかると大川沿いの河岸道となる。突き当たりに深川大番屋が深川鞘番所と呼ばれる由縁となった御舟蔵がみえた。

御舟蔵を右へ折れると万年橋となる。万年橋の向こうに大番屋の表門が見えた。

大番屋へ寄っていくか、とのおもいが錬蔵の胸中をよぎった。

が、それも一瞬のことだった。

いまは、北町奉行所に向かい、書物蔵で高町の文五郎一味の人相書きをあらためることが、何よりも大事なことであった。

ひょっとすると心中者を装って殺された男女も、高町の文五郎の手にかかったのではないか、と錬蔵は推量していた。

ふたりが探していた男の特徴と、人相書きに書かれた高町の文五郎の人相が酷似していたら、その疑惑は高まる。

いつのまにか錬蔵は早足になっていた。高町の文五郎一味の人相書きを、一刻も早くあらためたい、との気持が、錬蔵を逸《はや》らせていた。

北町奉行所に着いた錬蔵は、まっすぐに与力番所へ向かった。年番方与力、笹島隆兵衛と会い、後から安次郎が訪ねてくることをつたえねばならない。

廊下を行き交う、北町奉行所に詰める与力、同心たちのほとんどが、錬蔵とは目線を合わさないようにして通りすぎていく。

北町奉行が懇意にしていた米問屋が企《たくら》んだ米の買い占めを暴き立てた錬蔵が、深川大番屋支配に任じられて、島流し同然に深川の地へ追いやられたことを知らぬ者はいなかった。

元禄《げんろく》の頃から、江戸中の塵芥《じんかい》を集めては埋め立てを繰り返してきた深川は、腐敗した塵《ちり》の臭いが、風向きによっては町中に、いまだに漂いながれる一帯であった。大川に架かる橋を渡らねば行き着けぬ土地でもある。当然のことながら、町奉行所の取り締まりの網の目もゆるくなっていた。

そのゆるみに目をつけた無頼《ぶらい》、無宿者たちが深川に住みつき、いつしか群れをなしていった。武家屋敷の集まる本所《ほんじょ》と違い、大名屋敷や寺院が点在するとはいえ、深川を支配しているのは、御法度の埒外《らちがい》にある無頼たちといっても過言ではなかった。

そんな深川へ公儀の権威を振りかざし、無頼たちを取り締まるために乗り込んでいくのである。命を狙われるなど、日常茶飯事のことといえた。恐《おか》れをなした大滝錬蔵の前任者たちのほとんどが、病を理由に、あるいは本当に病に冒され、自ら深川大番屋支配の職を辞していた。

深川大番屋支配の任につく与力の配下となる同心たちも、北町奉行所では、偏屈、融通の利《き》かぬ石頭、変わり者、あきらかにやる気のない者など、使いものにならぬ役立たず、との烙印《らくいん》を押された者たちばかりが送り込まれていた。

決して、おのれの信条を曲げることのない、一徹者の大滝錬蔵が、いつ深川の地で命を失うことになるか。北町奉行所の与力、同心たちは半ば興味半分の、冷ややかな目で事の成り行きを眺めていたのである。

そんな北町奉行所のなかで、ただ一人、錬蔵のよき理解者というべき者が、笹島隆兵衛だった。任務の途上、命を落とした錬蔵の父、大滝軍兵衛《ぐんべえ》と笹島隆兵衛は肝胆《かんたん》相照らす仲の、無二の親友であった。笹島隆兵衛は、幼くして母を、若くして父を失った錬蔵の、親代わりともいうべき存在でもあった。

与力番所に、笹島隆兵衛はいた。笹島に歩み寄った錬蔵は小さく頭を下げ、文机《ふづくえ》の脇に坐った。

「調べ物か」

話があるときは屋敷を訪ねてくる錬蔵が、北町奉行所にやってきた意味を、笹島は察知していた。

「書物蔵で調べ物をいたします。後ほど、下っ引きの安次郎が参りますので、書物蔵への行き方など教えていただきたく」

「承知した」

と応えた笹島が、笑みを浮かべて、

「たまには屋敷に顔を出せ。老妻が、手料理など食べさせてやりたい、といって寂しがっておったぞ」

と、ことばを重ねた。

「いま取りかかっている一件が落着しましたら、必ずお伺いいたします、と奥様におつたえください」

笑みを含んで錬蔵が応えた。

書物蔵に入った錬蔵は室内を見渡した。木組みの棚が、人ひとり通れるほどの間隔をおいて十数列ほど並んでいる。棚にはびっしりと調べ書などが積み重ねてあった。

調べ書は、落着した一件は五年ほど、まだ決着のついていない事件は十数年ぐらい保管されている。

四年前まで盗みを働いていた高町の文五郎の調べ書は、まだ残されているはずだった。

直近で起きた一件の調べ書の置かれた棚には、まだ空間が残されている。調べ書が山積みされていない棚から調べ始めた錬蔵は、棚から一冊ずつ調べ書を手に取っては、あらため終えたら棚に返すといった作業を繰り返しながら、棚と棚の間を、ゆっくりとすすんでいった。

表書きに記してある年代を読み取りながら、ゆっくりとすすんでいく。高町の文五郎の盗みは四年前で途切れている。四年前に起きた事件の調べ書のなかに積み重ねてあればいいが、時には、調べ書をあらためた与力や同心、下っ引きなどが、もともと置かれていた棚にもどしていないこともあった。

棚は床から天井まで縦板がのびており、横板で十段ほどに仕切られている。高い棚に置いてある調べ書は、棚に梯子《はしご》を立てかけるか脚立《きゃたつ》を使わなければ、手に取ることができなかった。

探し求める高町の文五郎の調べ書は、なかなか見つからなかった。

（これでは一日で終わりそうもない）

簡単にみつけ出せる気でいた錬蔵は、おのれの見込みの甘さに腹立たしささえ覚えながら、黙々と作業をつづけていった。

三

一刻（二時間）ほどして、安次郎が笹島隆兵衛に連れられて、書物蔵にやってきた。

「調べはすすんでいるか」

問いかけた笹島に、

「おもいのほか、手間取っております」

苦笑いしながら錬蔵が応えた。

微笑んで、うなずいた笹島隆兵衛が、

「安次郎は引き渡したぞ」

それだけいって、踵《きびす》を返した。

「助かりました。ひとりだと迷ったかもしれねえ」

歩き去る笹島隆兵衛に安次郎が頭を下げた。

書物蔵を見渡して、安次郎が大きく溜息《ためいき》をついた。

「これを全部、調べるんですかい。探しだすのに一年ぐらいかかりそうだ」

「すぐ始めれば、なんとかなる。向こうの棚から始めてくれ」

と、いま錬蔵が調べている棚の隣りの列を指さした。

「わかりました。たとえ頭が痛くなっても、やらなきゃ何にも始まらない。一踏ん張りしますか」

腕まくりして安次郎が隣りの棚へ歩み寄った。

それから半刻ほど、ふたりは黙々と調べ書をあらためつづけた。

突然、安次郎が素《す》っ頓狂《とんきよう》な声を上げた。

「旦那、見つかりましたぜ」

「見つかった、だと」

手にしていた調べ書を棚にもどした錬蔵が、脚立から降り立った。安次郎に歩み寄る。

「見てくだせえ。高町の文五郎、と表題にありますぜ」

手にした数冊の調べ書を、安次郎が錬蔵に向かって差し出した。

受け取った錬蔵が調べ書に眼を注ぐ。

表に、

〈盗賊『高町の文五郎一味』調べ書〉

と墨痕《ぼっこん》、黒々と記してあった。

「間違いない。まさしく、探し求めていた調べ書だ。でかしたぞ、安次郎」

見やった錬蔵に、

「厭《いや》なことは早く終わらせたい、との一念が神仏に届いたんですぜ、きっと」

得意満面で安次郎が鼻をうごめかせた。

書物蔵には調べ書を読んだり、書き写したりするための文机が数前、一隅に置いてあった。

隣り合う文机に坐った錬蔵と安次郎は、手分けして数冊の調べ書に眼を通しはじめた。

紙縒《こより》で綴《と》じられた調べ書を錬蔵がめくっていくと、巻末に、高町の文五郎や一味の者の人相書きが添えられていた。

人相書きは高町の文五郎と手下二人のあわせて三人分が残されていた。それぞれ数枚ずつ揃えてある。

のぞき込んでいる安次郎と、同時に人相書きを見ることができるように、錬蔵は調べ書をふたりの間においた。

まず高町の文五郎の人相書きを、じっくりと見つめた。

〈背は中くらい。細身。眼は切れ長の一重。一見、優しげにみえる。右の下顎に小豆《あずき》大のほくろあり。年の頃は五十そこそこ〉

と人相書きの傍《かたわ》らに書き添えてあった。

まさしく心中者にみせかけて殺された男と女が探していた男の特徴と、人相書きにしるされた高町の文五郎の顔立ちは酷似していた。

顔を向けて安次郎がいった。

「旦那、心中者らしきふたりが探していたのは、この高町の文五郎なんじゃ」

「おそらく、な。そうだとすると、高町の文五郎は、深川のどこかに身を隠しているということになる」

不意に……。

錬蔵の脳裏に河水の藤右衛門のことばが甦《よみがえ》った。

「私が土橋でやっている〈松月楼〉という茶屋で下男として働いている、五十代半ばの老爺ですよ。名を作兵衛といいます」

五十代半ば、と藤右衛門はいっていた。人相書きの添え書きには、

〈五十そこそこ〉

とある。

人相書きが、四、五年前につくられたものだとすると、いま高町の文五郎は五十代半ばになっているはずであった。

（松月楼へ出向き、作兵衛と会ってみるか）

唐突に湧いたおもいに、錬蔵は驚かされていた。

が、次の瞬間、会ったところで無意味なこと、と錬蔵は胸中で打ち消していた。藤右衛門がいうように、作兵衛が陰日向《かげひなた》なく働く実直な男、だとすれば高町の文五郎とはまったくの別人ということになる。

どれほど人相書きに似ているか、興味半分に作兵衛に会いに行く。その程度のことかもしれない、と錬蔵はおもった。

人相書きの二枚目をめくった。

〈車坂《くるまざか》の弥平《やへい》〉

という名の盗人だった。げじげじ眉《まゆ》で、ぎょろりとした眼の、四角い、下駄《げた》のような輪郭の顔をしている。四十そこそこ、と書いてあった。添えられた但し書きに、

〈高町の文五郎の右腕といわれている。一味の代貸し格〉

とあった。見覚えのない顔だった。

人相書きの三枚目を、錬蔵はめくった。

〈須走《すばしり》の甚助《じんすけ》〉

と名がしるされていた。

人相書きを見た途端、錬蔵と安次郎は息を呑んだ。

よく似ていた。

縁切柳のそばで、

「高町の文五郎」

と言い残して息絶えた男の顔立ちに、である。

顔を上げて見合った錬蔵と安次郎の眼が、

〈匕首を胸に突き立てられて殺された男は、須走の甚助ではないのか〉

と、たがいに問いかけあっていた。

再度、人相書きに眼を落とした安次郎が、確信ありげに声を上げた。

「間違いありやせんぜ、旦那。殺された野郎は須走の甚助だ。人相書きを見れば見るほど、よく似てやがる」

人相書きに眼を据えたまま、錬蔵が応えた。

「おれの見立ても、安次郎と同じだ。殺されたのは須走の甚助だろう。殺したのが高町の文五郎だとすれば、手下を手にかけたことになる。そうしたには、おそらく、のっぴきならない理由があるのだろう。その理由が奈辺《なへん》にあるか、調べねばなるまい」

「心中をよそおって殺されたふたりは、高町の文五郎を探していた。あの殺しも、高町の文五郎の仕業に違《ちげ》えねえ」

顔を錬蔵に向けて、安次郎が声を高ぶらせた。

「二度とも殺しに匕首を使っている。一度目の殺しは、ふたりが相手だ。かなり揉み合ったとみていいだろう。その証拠に、男と女の躰《からだ》には多数の切り傷があった」

応えた錬蔵に安次郎が、

「須走の甚助の骸には、争った後はありませんでした」

「縁切柳の下で待ち合わせる約束をし、やってきた高町の文五郎が、話し合うふりをして、いきなり須走の甚助の胸に匕首を突き立てた。おおかた、そんなところだろう」

「人相書きはひとりにつき数枚ずつ、調べ書に綴じてあります。一枚ずつ抜き取っておきやしょう」

調べ書を安次郎が手もとに引き寄せた。調べ書は、書付の束の左端に間隔を置いてふたつの穴を開け、その穴に紙縒を通して結び、綴じてある。紙縒の結び目をほどいた安次郎は、書付の束を紙縒から抜き取った。人相書きをひとり一枚ずつ、三枚抜き取る。

書付の束に再度、紙縒を通して結び、綴じた。

「人相書きは旦那が持っていておくんなさい」

手にとった人相書きを安次郎が錬蔵に手渡した。

受け取った錬蔵が、人相書きを二つ折りして懐にいれた。

深川大番屋に向かった錬蔵と安次郎が新大橋を渡ったのは暮六つ（午後六時）を、半刻ほど過ぎ去った頃合いだった。

新大橋のたもと近くには、葦簀《よしず》張りの茶屋や寿司、天麩羅《てんぷら》、蕎麦《そば》などの屋台が出ている。

深川の岡場所へ遊びに繰り出すつもりで、腹ごしらえをしているのだろう。職人風や小商人風、遊び人たちが屋台の前に立ち、小腹を満たしている。

水茶屋の縁台に腰をかけ、茶汲み女にからかい半分の声をかけながら、銚子《ちょうし》を片手に手酌で猪口《ちょこ》を傾け、下地を入れている男たちの姿もみえる。

梅雨明けしたのか、空には無数の星が燦《きら》めきを競っていた。数えるほどの薄雲が、涼やかに吹き過ぎる風にのって、星の輝きを邪魔せぬほどに覆いながら、流れ去っていく。

深川の遊所は、今夜も大いに賑わうものとおもわれた。

着流しに巻羽織という、いかにも町奉行所の役人といった錬蔵の出で立ちである。屋台に群がる遊客たちの興をさまさぬよう、錬蔵は人混みを避けてまっすぐに深川大番屋へ向かった。

門番所に詰めた門番に、

「同心たちや前原がもどってきたら、用部屋へ顔を出すようにつたえてくれ。それと、夕餉《ゆうげ》がわりに、皆の分の握り飯を用意して用部屋へ運んでくれ。向後の探索について打ち合わせることがある。長くなるかもしれぬからな」

そう命じた錬蔵は、安次郎とともに用部屋へ向かった。

四

用部屋へ錬蔵と安次郎が入ってから小半刻（三十分）ほどして、小者が握り飯と香の物を大皿にのせて運んできた。小者が立ち去った後、錬蔵と安次郎は握り飯ふたつと香の物を食べながら、同心たちの帰りを待った。

ふたりが夕餉を食べ終えた頃合いを見計らったように、同心の松倉孫兵衛と八木周助が、少し遅れて溝口半四郎と小幡欣作が、さらに遅れて前原伝吉が用部屋に入ってきた。

帰ってきた順に錬蔵は、松倉たちから探索の結果の報告を受けた。報告を終えた松倉と八木に錬蔵は、握り飯ふたつと香の物を食べるよう指図した。向後の探索についての話し合いは長引く、と考えていたからだった。

次なる溝口と小幡の報告を錬蔵が聞く間に、松倉と八木が、前原が報告をしている間に溝口と小幡が食事を終えた。

全員の報告が、

〈さしたる手がかりなし〉

というものだった。

最後の前原から話を聞き終えた錬蔵が、

「前原、気兼ねすることはない。握り飯を食べながら、おれの話を聞けばよい」

笑みを含んで声をかけた。

「おことばに甘えさせていただきます」

小さく頭を下げ、前原が握り飯に手をのばした。

松倉ら同心たちと前原は錬蔵と向き合って、安次郎はいつものように廊下との仕切りの戸襖《とぶすま》のそばに坐っている。

一同を見渡し、錬蔵が話し出した。

「昨夜、縁切柳近くへ見廻りに出たおれの目の前で、男が殺された。『誰がやった』とのおれの問いかけに、男は『高町の文五郎』とだけ告げて息絶えた」

「『高町の文五郎』といえば、四年ほど前まで関東一円を荒らし回った盗人ではありませんか。その男、高町の文五郎と何らかのかかわりがあったのでは」

問いかけた溝口に、錬蔵が、

「『高町の文五郎』という名を聞いたおれは、北町奉行所へ向かった。書物蔵に高町の文五郎の調べ書が残されているとおもったからだ。おれひとりでは調べ物のはかゞいかぬので、安次郎にはあらかじめ骸の処置を終えたら北町奉行所に来るように指図しておいた」

「調べ書はみつかったのでございますか」

身を乗りだすようにして小幡が聞いてきた。

「安次郎が見つけ出した」

「安次郎、お手柄だったな」

握り飯を食べながら前原が微笑みかけた。

「調べ書には高町の文五郎と一味の主立った者、三人の人相書きが添えられてあった」

「人相書きが。それは、ありがたい。大きな手がかりになるぞ」

同心たちを見渡して溝口が声を上げた。

「これが、その人相書きだ」

傍らの文机に腕をのばし、錬蔵は置いてあった人相書きを手にした。

同心たちや前原の前に人相書きを置き、顔を向けた錬蔵がよびかけた。

「安次郎、そこでは話が遠い。前原のそばに来い」

「そうさせていただきやす」

小さく頭を下げ安次郎がにじり寄った。

人相書きの一枚を指で指し示して、錬蔵が告げた。

「昨夜、殺された男に酷似した人相書きがみつかった。それが、これだ。匕首を胸に突き立てられて死んだのは、須走の甚助だ」

「須走の甚助は、御支配の問いかけに、殺したのは『高町の文五郎』と名指しして息絶えております。盗人の頭が手下を殺す。仲間割れが起きた。そうとしか考えられませぬ」

高ぶった口調で小幡がいいきった。

「そうかもしれぬ。が、決めつけるわけにもいくまい。高町の文五郎、といったのは、断末魔《だんまつま》の、朦朧《もうろう》とした意識の中で、助けを求めるべく、自分のお頭の名を呼んだだけかもしれぬのだ」

応えた錬蔵に、

「しかし、それは」

と不満げに小幡が口を尖らせた。

「もうひとつ、おもわぬ事実がみつかった。縁切柳の根元近くに横たわっていた男と女が探している相手の特徴について、泊まっていた船宿の仲居に話して聞かせた中身と、高町の文五郎の人相書きにしるされた事柄が、よく似ているのだ」

「それでは、心中者とみせかけられたふたりと高町の文五郎の間には、何らかのかかわりがあったということになりませぬか」

問いかけた前原に錬蔵が応えた。

「おれも、そう見立てる。が、すべてが曖昧模糊《あいまいもこ》として、これと決めつけるものが何ひとつないのだ」

一同が暗然と顔を見合わせた。錬蔵のいうとおりだった。すべてが推測をつなぎ合わせたもので成り立っている。

「だがな、ただひとつだけ、はっきりしていることがある」

「それは、何でございますか」

聞いてきた松倉に、

「男と女のふたりづれが探していた男は高町の文五郎だろう。小幡のいうとおり、須走の甚助を殺したのは高町の文五郎だと推察できる。このふたつの事柄から、高町の文五郎は、この深川のどこかに身を潜めている、と推断できる。おれは、深川の高札場と辻番所、自身番や茶屋に高町の文五郎の人相書きを張り出すつもりだ。深川のあちこちで自分の人相書きを見る。高町の文五郎といえども、穏やかならざる心境に陥《おちい》るはずだ。時をかければ高町の文五郎を、必ず炙《あぶ》り出せる」

「そのためには大量の人相書きをつくらねばなりませぬな」

首を捻って溝口がいった。

横合いから、おずおずと八木が声を上げた。

「この深川で唯一、草双紙《くさぞうし》をつくっている板元と懇意にしています。私が呼びつければ、万難排して駆けつけてくるはず」

「葉林堂《ようりんどう》のことか。そういえば、おぬしは以前、葉林堂が板元になって、いつ発禁になってもおかしくない中身の草双紙を発行したときに、本来なら手鎖の刑に処せられるべきだった主人と戯作者《げさくしゃ》を、お目こぼししてやったことがあったな」

口を挟んだ松倉の音骨《おとぼね》に皮肉なものがあった。

「いや、それは、その、私は草双紙を読むのが好きで、たまたま見廻りの道筋に見世を構える葉林堂に立ち寄っては、新しく出る草双紙をもらいうけて読んでいただけで、お目こぼしせねばならぬほど懇意にしていたわけではないのだ」

ちらちら、と錬蔵に眼を走らせながら言いよどんだ八木が、顔に浮き出た冷や汗を手の甲で拭った。

眼を向けた錬蔵が、

「葉林堂の主人は八木のいうことなら何でも聞くのだな」

「それは、間違いありませぬ。あの折り、栄吉《えいきち》は、葉林堂の主人の栄吉は、見逃してもらったことをえらく恩にきていましたから」

応えた八木が、無意識のうちに手の甲で額の冷や汗を拭って、つづけた。

「いますぐにでも小者を走らせ、大番屋へよびつけましょうか」

「それには及ばぬ。明朝一番に動けばよい。八木、見廻りを安次郎と代わってもらえ。おれと一緒に葉林堂へ出向くことにしよう。栄吉に会い、急ぎ絵師と彫り師、刷り師を手配させ、出来れば明日のうちに人相書きを刷り上げさせて、明後日には高札場、自身番などに張り出し、主立った茶屋にも配りたいのだ」

「承知いたしました」

安堵した顔つきで八木が応えた。

「松倉、溝口、小幡、前原はいままでどおりの探索をつづける傍ら、客の出入りに不審のある船宿や茶屋などの噂を聞きこんでくれ。高町の文五郎一味の盗人宿が、深川のどこぞにあるかもしれぬ」

一同を見やって、錬蔵が告げた。

無言で、松倉たちが大きく顎《あご》を引いた。

五

翌日、五つ（午前八時）に鍊蔵と八木は深川大番屋を出た。

葉林堂は永代橋近くの佐賀町にある。大番屋からは万年橋を渡り、大川沿いに上ノ橋、中ノ橋、油堀《あぶらぼり》に架かる下ノ橋を渡ってすぐの、南部藩《なんぶ》の下屋敷に間近な、目と鼻の先に店を構えていた。

大番屋を出て小半刻（三十分）足らずで、鍊蔵と八木は葉林堂に着いていた。

葉林堂の表戸は閉ざされていた。八木は葉林堂の出入りには慣れているのか、鍊蔵を案内して建家の脇の通り抜けへ入り、裏戸の前に出た。

裏戸を叩く。

「朝っぱらから、うるせえなあ」

と葉林堂のなかから寝惚《ねぼ》けたような声がして、裏戸に近づく足音がした。

「おれだ。深川大番屋の八木だよ。火急の用があってきた。御支配も一緒だ」

皆といるときとは違って、八木が居丈高に声を高めた。

「これは、八木さま。御支配さまもご一緒でございますか。すぐ開けますでございます」

　焦った声で応えた栄吉が、大きな足音を響かせて裏戸に駆け寄ってきた。

　つっかい棒を外す気配がして、すぐ裏戸が開いた。まだ寝ていたのか、栄吉は寝衣《ねまき》姿だった。大酒呑みらしく、酒焼けした、脂《あぶら》ぎった顔をしている。腹が突き出て、相撲取《すもう》りのような体つきの、四十がらみの男だった。

「表戸を開けます。お手間をかけますが表へ回っていただけませんか。裏から上がると、散らかしっぱなしの職人の作業場を通らないと座敷へ行くことができませんので」

　恐縮しきりで栄吉が何度も頭を下げた。

「御支配、いかがいたしましょうか」

　聞いてきた八木に、

「前触れなしで訪ねてきたのだ。何の造作もないこと、表へまわろう」

　応えるなり錬蔵は踵を返した。

「そういうことだ。表へまわるぞ」

　横柄な態度で栄吉にいった八木が、いそいそと錬蔵の後を追った。

通された座敷で錬蔵は栄吉と向かい合って坐った。八木は錬蔵の傍らに控えている。

懐から錬蔵は、袱紗《ふくさ》に包んで二つ折りした高町の文五郎の人相書きをとりだした。人相書きを栄吉の前に置く。

「この人相書きを手本に、新たに人相書きを描き上げ、その絵を版下に彫り師に原板を彫らせて、まずは百枚ほど刷ってほしいのだ。それも今日のうちにな」

「それは急なお話で。この人相書きを版下に使うわけにはいきませんか」

聞いてきた栄吉に、

「この人相書きは書物蔵に保存してあったもの。いずれ返さねばならぬ品なのだ。新たに描き下ろしてもらわねばならぬ」

応えた錬蔵に、うむ、と栄吉が首を捻った。

「絵師に人相書きを描き写させねばならぬとなると今日中に仕上げるのは、ちょっと難しいかもしれやせん」

横から八木が、苛々《いらいら》した口調で声を上げた。

「御支配が、わざわざ出張ってこられたのだ。おれの面子《めんつ》もある。何とかしろ、栄吉」

「八木の旦那の面子がかかっているとなると、何とかしなきゃなりませんな。すぐ手配して、出来るだけのことはやってみましょう」

「栄吉、頼りにしてるぞ」

気楽な八木の口調だった。

「人相書きが刷り上がるまで、ここで待たせてもらう。切羽詰まっているのでな」

穏やかだが、錬蔵の声音に有無をいわせぬものが含まれていた。

「では、これより仕掛かります」

顔に緊張を漲《みなぎ》らせて栄吉が頭を下げ、立ち上がった。その巨体からは想像が出来ぬほどの身軽さだった。

栄吉が座敷から出ていくと、錬蔵は床柱に背をもたせかけた。

「八木、先は長いぞ。楽にしろ」

そういって、ゆっくりと瞼《まぶた》を閉じた。

草双紙の板元を十年近くつづけている葉林堂栄吉の動きは、なかなかのものだった。まず出入りの絵師、歌川喜楽《うたがわきらく》を呼びつけた。

喜楽が、刷りの版下となる高町の文五郎の人相書きを模写している間にも、栄吉は

駆け回った。彫り師を連れてきた栄吉は錬蔵たちに引き合わせ、

「定八《さだはち》と申します。緻密な線が必要な挿絵などの細かい彫りは得手ではありませんが、人相書き程度のことなら、この男で十分で。何しろ手が速い。他の彫り師の倍近くの速さで彫り上げます。他の仕事に取りかかっていたのですが『どうにも顔をたてなきゃならない、義理のある人の頼みだ。おれの面子がかかっている。何とか、すぐに仕掛かってくれねえか』と無理を承知の談判をしまして、引き受けてもらいました」


如才なくいい、十分に八木の面目がたつようにした。同時に栄吉は、

「遅い朝飯がわりに、蕎麦の出前をたのみました」

と蕎麦をのせた膳を錬蔵と八木の前に運んできた。


喜楽が模写した人相書きを定八が彫りはじめたのを見届けた栄吉は、今度は刷り師を連れてきた。増三《ますぞう》という名の男だった。


作業場へ増三を連れていった栄吉が、座敷にもどってきて錬蔵に、

「鞘番所の御支配さまや八木の旦那を、人相書きが刷り上がるまで、こんなむさ苦しい部屋で待たせるわけにはいきません。刷り上がったら、あっしが鞘番所までお届けにまいりますが」

と揉み手しながら、愛想笑いを浮かべて話しかけてきた。

見張られているような気がして、気が気ではない。そんな様子がうかがえる栄吉の仕草であった。

「気にすることはない。無理難題を押しつけているのは、おれのほうだ。この上、刷り上がった人相書きを大番屋まで届けてもらったら、申し訳ない。このまま待たせてもらうよ」

応えた錬蔵に栄吉が、

「心づかいは無用に願います。御上のお役に立てる。町人として、こんな嬉しいことはありません」

「それこそ無用の心づかいというものだ。待つことには慣れているでな」

柔らかい物言いで錬蔵が告げた。


人相書きが刷り上がったのは、明くる日の深更八つ（午前二時）を少しまわった頃であった。墨の匂いも、まだ消えやらぬ人相書きを錬蔵の前に置いた栄吉に、

「少ないが、これを受けとってくれ。人相書きをつくってもらったお礼だ。このなかから絵師や彫り師、刷り師にも手間賃を払ってやってくれ。どう分配するかは、栄

吉、おまえの差配にまかせる」

懐紙に包んだ小判四枚を懐から取りだした錬蔵は、栄吉の前に置いた。

紙包みを手にして栄吉はさりげなく指を這わせた。あきらかに、中身を探ってい
た。驚きを顔に浮かせた栄吉が、おもわず声をあげた。

「こんなに沢山。多すぎやす」

「無理をさせた。人相書きを刷った紙代、原板の板代などの材料にも銭がかかってい
る。遠慮することはない」

「それでは、おことばに甘えさせていただきやす」

紙包みを押し頂くように掲げて、栄吉が深々と頭を下げた。

早朝、錬蔵は同心たちと前原、安次郎を用部屋へ集めた。
真夜中に、葉林堂から深川大番屋へ持ち帰った高町の文五郎の人相書きを、錬蔵
は、向き合って坐る一同との間に置いた。
「高町の文五郎の人相書きだ。百枚ある。八木の顔と骨折りで、わずか一日で仕上が
った。八木、御苦労だったな」
「いや、怪我《けが》の功名というやつです。旧悪がおもわぬところで役にたちました」

面目なさそうに八木が眼を伏せ、溜息をついた。

「いや。お手柄だ。御支配のねぎらいのことば、素直に喜べ。松倉さんも、おれも、いまとなっては、恥じ入ることだらけだ。これから、一心に務めに励む。そう心掛けるしかない」

八木の肩を叩いて、溝口が笑いかけた。

黙然《もくねん》と、八木がうなずいた。

ふたりのやりとりを見やっていた錬蔵が、頃合いを見計らって声をかけた。

「まず高町の文五郎の人相書きを高札場に張り出す。辻番所、自身番にも張り出してもらうことにする。みんなで手分けして深川中の高札場、辻番所、自身番に人相書きを配ってまわるのだ。人相書きは十枚ほど大番屋に取り置き、残りは、めぼしい茶屋に持ち込み、目立つところに張ってもらう。これより人相書き九十枚を七人で分け合い、回る一帯を取り決めることにする」

一同が、大きく顎を引いた。

それぞれが割り当てられた一帯をまわって、高町の文五郎の人相書きを目立つところに張り出してもらうことだけで一日が終わった。

夕餉をすませた錬蔵は、深編笠に着流しの忍び姿で深川大番屋を出た。

人相書きが張り出してある自身番の前で、錬蔵は足を止めた。高町の文五郎の人相書きをじっと見つめる。

高札場、自身番、茶屋など九十ヶ所に張り出した人相書きであった。自分の人相書きがあちこちに張ってある。高町の文五郎が、いかに名のしれた大盗人といえども、心中、穏やかでいられるはずがない、と錬蔵はおもっていた。

深川に潜んでいるとすれば、高町の文五郎、必ず炙り出せる。いまは、ただ待つしかない。人相書きから眼をそらした錬蔵は、そう、こころに言い聞かせ、歩きだした。

どこぞの茶屋で弾《ひ》いているのであろう。三味線の音が、風に乗って聞こえてくる。

枝川に漕ぎ出した涼船《すずみぶね》が数隻、ゆったりと大川へ、水面を切ってすすんでいく。気の早い分限者が、舟を仕立てて出かけてきたのであろう。その舟からも爪弾《つまび》く三味線の音が聞こえてきた。いい声で芸者が端唄を口ずさんでいる。

高札場の前に立ち止まり、人相書きを眺めている酔客がいた。

火の見櫓《やぐら》が、建ちならぶ茶屋の灯りに照らし出され、朧《おぼろ》な姿を浮かせて、そそり立っている。三櫓など、深川有数の色里が左右に散在する馬場通りは、殷賑《いんしん》を極めていた。

道行く遊客たちのなかに、高町の文五郎が紛れ込んでいるかもしれない。

左右に警戒の眼を走らせながら、錬蔵はゆっくりと馬場通りをすすんでいった。

三章　右往左往《うおうさおう》

一

深川のあちこちに、高町の文五郎の人相書きを張り出した成果は、おもわぬところから現れた。

人相書きを張り出した翌朝、時の鐘が五つ（午前八時）を告げてほどなく、お紋《もん》が錬蔵を訪ねてきた。

「御支配さまに、急ぎの用でまいりました。通らせてもらいますよ」

と物見窓越しに声をかけたお紋が、門番に笑いかけた。

日頃からお紋は、足繁く錬蔵を訪ねてきている。

いまでは軽口も叩き合うほど、お紋と馴染みになっている気安さもあって、つい門番も、

「急いでいるんなら、お紋さんが直接、御支配の長屋を訪ねられるがいい。いちい

ち、おれが取り次がなくとも、御支配も大目に見て下さるに違いない。通りな」

と表門の潜り口を開けてくれた。潜り口から入ってきたお紋の後ろから、もうひとり、二十歳《はたち》前の、丸顔で愛嬌《あいきょう》のある顔立ちの町娘が入ってきた。

「連れがあったんで」

見咎《みとが》めて問いかけた門番に、お紋が、

「あたしの妹分の芸者で、小笹《こざさ》ちゃん。御支配さまに急ぎの用というのは、実は、この小笹ちゃんがらみのことなんだけどね。これから、あたしと一緒に、ちょくちょく顔を出すとおもうけど、よろしくお願いしますね」

門番を見やり、わずかに小首を傾《かし》げて微笑んだ。

門番が、おもわず息を呑んで見惚《みと》れるほどの華やかさが、お紋の仕草に籠められていた。

一瞬の間があった。

「頼みますよ」

ことばを重ねたお紋に、あわてて、門番が応《こた》えた。

「他ならぬ、お紋さんの頼みだ。いいですとも」

門番に小さく頭を下げたお紋と小笹が、長屋へ向かって歩きだした。

「旦那、今度ばかりは、ちょっと、ひどすぎやしませんか」

表戸を開けて入ってきたお紋が、土間からつづく板敷の間に坐って、湯呑みを手に茶を飲んでいる錬蔵の顔を見るなり、声高に話しかけてきた。

呆気にとられた錬蔵が、訝《いぶか》しげな顔つきでお紋を見やった。

茶碗でも洗っていたのか安次郎が、手拭いで手を拭きながら歩み寄ってきて、口をはさんだ。

「何が、ひどすぎるっていうんだ、お紋。旦那が、とまどってらっしゃるじゃねえか。端《はな》から、ぽんぽん、いったって、何が何だか、わからねえよ」

「あら、そうだったね。あたしとしたことが、ちょっと、早まっちまった。竹屋の太《た》夫《ゆう》がいうとおりだね。理由《わけ》をいわなきゃ、何にもわからないよね」

肩をすくめて、お紋が安次郎に顔を向けた。

安次郎は、錬蔵から誘われて下っ引きになる前は、竹屋五調《ごちょう》という源氏名で座敷に出ていた、毒舌が売り物の男芸者だった。深川のあちこちの茶屋の座敷から声がかかり、かけ持ちもしょっちゅう、というほどの売れっ子でもあった。安次郎が男芸者だったころを知るお紋は、いまでも安次郎のことを、当時のままに〈竹屋の太夫〉と、ついつい呼んでしまう。そう呼ばれても、安次郎はいっこうに気にならないらしく、厭《いや》な顔ひとつしたことがなかった。

視線を、お紋は、安次郎から錬蔵に流した。

湯呑み茶碗を床に置いて、

「何が、ひどすぎるのだ」

笑みをたたえて錬蔵が問いかけた。

小さく頭を下げたお紋が、

「人相書きのことですよ、高町の文五郎という大盗人の」

「人相書きがどうしたのだ」

「困ってるんですよ、知り合いが」

「困っている？　誰が、だ」

聞き返した錬蔵に、

「小笹ちゃんが、ですよ」

「小笹ちゃん？」

問いを重ねた錬蔵に、横から安次郎が話しかけた。

「表戸のそばに立っている子でさ。お紋の稼業上の妹分で、源氏名を小笹。座敷に出て一年の、まだ、かけ出しの深川芸者でさ」

緊張した様子で小笹が浅く腰を屈めた。

「小笹、というのか。何か、おもわぬ面倒をかけたようだな」

声をかけた錬蔵に小笹が、曖昧《あいまい》に微笑みで応え、助けを求めるようにお紋を見やった。

うなずいたお紋が、口を開いた。

「困っているのは、この小笹ちゃんと、小笹ちゃんが年季が明けたら一緒になろうと誓い合った、いい仲の清吉《せいきち》さんに作兵衛さんの三人」

「作兵衛さん、というと？」

問うた錬蔵にお紋が、

「松月楼で下男として働いている作兵衛さん。五十代半ばの、ほんとに人のいい爺《じい》さんなんですよ」

「松月楼の作兵衛」

独り言《ご》ちたようにつぶやいた錬蔵の耳に、藤右衛門の声がよみがえった。

「かくいう私も、右の下顎に小豆《あずき》大のほくろのある爺さんを知っているひとりで。私が土橋でやっている松月楼という茶屋で下男として働いている、五十代半ばの老爺ですよ。名を作兵衛といいます」

気にかかって一度は、

（高町の文五郎の人相書きに似ている男。会いにいくか）

とも、おもった作兵衛であった。その作兵衛の名がお紋の口から出たことに、錬蔵は不思議な巡り合わせを感じていた。

「どうしたんですよ、旦那。いきなり黙りこくって」

呼びかけたお紋の声に錬蔵は、現実に引き戻された。

「その、作兵衛のこと、河水の藤右衛門から聞いたことがある。高町の文五郎の人相書きと、よく似ているようだな」

今度はお紋が驚く番だった。

「あら、河水楼の親方も、似ている、と仰有《おっしゃ》ってたんですか」

「今度ばかりはひどすぎる、といったことと作兵衛がかかわりがあるのか」

「実はね、旦那。清吉さんは、深川に流れ込んできた無宿人が捨てた子供たちを拾ってきて親代わりで育てているんですよ。それも五人も」

「捨て子を五人も育てている。まこと、か」

問うた錬蔵に、お紋が板敷の間の上がり端に腰を下ろしながら、

「小笹ちゃんが子供たちの面倒をみる手伝いをしているときいて、あたしも少しは役に立とう、とおもって清吉さんのところへ出かけていったんですよ。五人の子供の面倒をみるって、旦那、そりゃ、大変。あたしは半日で、くたくたになっちまった」

「清吉の稼業は」

「左官職、ですよ」

「左官職の看板を上げているのか、清吉は」

「二年前に、世話になっていた左官の親方のもとから独り立ちして、いまは、あちこちの親方のところに出入りして働かせてもらっているって話ですよ」

「手間賃稼ぎの仕事だ。子供が五人もいる。内証《ないしょ》は、決して豊かではあるまい」

「そうなんですよ。きつきつの暮らしぶりで、小笹ちゃんが見かねて、小銭を手渡している有り様なんです」

「苦労を覚悟で、捨て子を拾ってきて育てる。そのことには、それなりの深い理由があるはずだな」

「清吉さんのおっ母さんは、惚れた男に騙《だま》されて捨てられたって話です。騙された、と気づいたときには、お腹のなかに、その薄情者の子供が宿っていた。おっ母さんは清吉さんを産み落として、半年ほどして産後の肥立ちが悪くて死んじまった。清吉さんは、左官職人だったお祖父《じい》さんに育てられた、と小笹ちゃんから聞いています」

「清吉は、両親の顔をみることもなく育った身の上。そういうことだな」

大きく顎を引いたお紋が、ことばを重ねた。

「祖父ちゃんに育てられたとはいえ、おれも捨て子みてえなものだ。捨てられた子供たちをみると、自分のことのような気がして、祖父ちゃんが、おれを育ててくれたように、おれも、力の及ぶ限り、できるだけ沢山の捨て子を拾って、育ててやろうと決めているんだ、と、折に触れて清吉さんが小笹ちゃんに話しているそうですよ」

うむ、とうなずいて錬蔵がお紋に話しかけた。

「感心なことだ。なかなかできることではない。その清吉に迷惑をかけた、となると、何か埋め合わせをしなければなるまい」

「そんなこと、気にしなくてもいいんですよ。ただね、その子供たちが、いつも、手土産をさげてやってきては何くれと面倒をみてくれる作兵衛さんによく似た高町の文五郎の人相書きをみつけて、『作兵衛爺さん、何か悪いことをしたの。そんなことないよね』と心配顔で聞いてきたりするのがどうにも可哀想でならない、と小笹ちゃんがいうので、旦那に何とか相談にのってもらおう、とやってきたんだけど、どうしたらいいんだろうね」

困惑を露《あら》わに、お紋が聞いてきた。

おもいもかけぬ展開に、錬蔵は驚いていた。探索のひとつの手立てとして、高町の文五郎の人相書きを深川中に張り出したことで、似ている住人が間違えられて、迷惑している。

張り出した人相書きが、それだけ人目をひいている、との証《あかし》なのだが、似ているというだけで他人から白い目で見られている者にしてみれば、ただただ困惑するしかないはずだった。何とか、疑いを晴らしてやりたい、と錬蔵はおもった。

「おれが、まず、作兵衛に会おう。それから子供たちと会い、作兵衛爺さんは、悪い人ではない、と話して聞かせよう。清吉と会ってみたい気もするが、それは、作兵衛にかけられた疑いを晴らしてからでもいいだろう。それでいいか、お紋」

目線を向けた錬蔵にお紋が、

「旦那、そうしてもらえると、ほんとに、ありがたいよ。子供たちに、これ以上、つらいおもいをさせずにすむからね」

振り返って、声をかけた。

「小笹ちゃん、これでいいよね」

大きくうなずいた小笹が、

「大滝さま、恩に着ます」

深々と頭を下げた。

微笑んだ錬蔵が小笹に眼を向け、お紋に目線を移した。

「旦那、嬉しいよ」

拝むようにお紋が、胸の前で手を合わせた。

二

「いまから松月楼へ出向く。作兵衛に会い、高町の文五郎の人相書きにどれほど似ているか、おれの眼でたしかめてみたい」

そう錬蔵がいいだした。深編笠に小袖の着流しといった、いつもの忍びの姿に着替えた錬蔵は、お紋、小笹、安次郎とともに深川大番屋を後にした。

松月楼に、作兵衛はいた。

松月楼の裏手の板塀に沿って、物置小屋に毛が生えたような奉公人の長屋が建っている。作兵衛は、奉公人長屋の傍らで薪《まき》割りをしていた。

見かけた小笹が、

「作兵衛さん」

と呼びかけ、駆け寄った。

薪を割る手を止め、作兵衛が顔を上げた。

「小笹ちゃん、いやに早いじゃないか」

笑いかけた作兵衛に、

「実は、鞘番所の御支配さまが、作兵衛さんが子供たちから盗人と間違えられて困っているのは気の毒だ、と仰有って、話を聞きに来てくださったのよ」

と目で錬蔵を指し示した。

「鞘番所の御支配さまが」

慌てて、持っていた鉈《なた》を奉公人長屋の外壁に立てかけ、大きく息を吐いた。疲れているのだろう、五十半ば、という年相応の動き、と錬蔵はみてとった。

深編笠をとった錬蔵が作兵衛に歩み寄った。

「深川大番屋の大滝錬蔵だ」

「作兵衛でございます」

深々と頭を下げた。

しげしげと錬蔵が作兵衛を見つめた。作兵衛の右の下顎に小豆大のほくろがあった。細身で中背。人相書きにしるされていた高町の文五郎の特徴を、作兵衛はすべて備えている。一目見たとき、錬蔵は、そう感じとっていた。

「なるほど、よく似ている」

おもわず錬蔵は口に出していた。

眼をしばたたかせ、困惑を露わに作兵衛が応えた。

「それほど高町の文五郎という盗人に、似ておりますか」

「似ている。これなら人相書きを見た者は、作兵衛のことを高町の文五郎に違いない、と思い込むかもしれないな」

「困りました。どうしたものか、と頭を痛めております。松月楼にちょくちょく顔を出す河水楼の猪之吉さんなどは『人相書きが町中に張り出されている間は、外へ出かけなければいいのさ』といいますが、そうもいきません。今まで通り、見世の仕事の合間をみては、清吉さんのところにいる子供たちの世話をしてやりたい。それで、日に一度は、必ず外へ出ることになります」

「その子供たちに高町の文五郎と間違えられているようだな」

「そうなんで。子供のひとりが、作兵衛爺さんの人相書きが自身番に張り出されているよ、と言い出しまして。あれは違う。別人だ、と強く打ち消せばいいのでしょうが、かえって疑いを増すのではないか、とおもったりして、ただただ考え込んで、首を傾げるだけのことでして」

さも辛そうに作兵衛が、溜息《ためいき》をついた。

無言で錬蔵はみつめている。

無意識のうちに錬蔵は、縁切柳の下で須走の甚助と縺《もつ》れ合い、飛び離れて逃げ去った高町の文五郎の動きを、脳裏に思い浮かべていた。

どう見ても、目の前にいる作兵衛の、のろのろとした身のこなしと、高町の文五郎の、風をおもわせる流れるような身軽さとは大きくかけ離れていた。

子供たちと会えなくなる。それだけのことで作兵衛は、沈み込んでいる。よほどの子供好きなのだろう。

子供好きの盗人もいるかもしれない。が、高町の文五郎は、錬蔵の目の前で、かつて手下だった須走の甚助を殺している。心中者を装って、男と女、ふたりの息の根も止めていた。三人もの命を、情け容赦なく奪った高町の文五郎が、人並みのこころを持っているとは、錬蔵にはおもえなかった。

おそらく作兵衛と高町の文五郎は、別人に違いない、とのおもいが錬蔵のなかに生まれはじめていた。

間違っているかもしれない。が、いまの錬蔵には、目の前にいる作兵衛が、相次いで三人を殺した男には、とても見えなかった。

ふたりのやりとりに口を挟むことなく安次郎、お紋、小笹が見やっている。

振り向いて、錬蔵がいった。

「安次郎、松月楼の主人に話をつけてきてくれぬか」

「どんな話で」

「作兵衛を半日ほど連れ出したい、とおれがいっている、と断ってきてほしいのだ」

「どちらへ行かれるので」

「清吉の長屋だ。子供たちに、作兵衛と人相書きの高町の文五郎は、まるっきりの別人だと、おれの口から話してきかせてやりたいのだ」

「旦那。ありがたいことで」

深々と作兵衛が頭を下げた。

「旦那は、やっぱり、あたしの、おもったとおりのお人だねえ」

うっとりとした目つきで、お紋が錬蔵に見とれた。

「大滝さまに、そこまでしていただけるなんて、清吉さんも、さぞ、ありがたがるでしょう。子供たちに、人相書きと作兵衛さんのこと、どう話したらいいものか、と清吉さんは悩んでいました」

黙って、小笹の様子をみていた安次郎が、

「そういうことなら、すぐにも話をつけてきやす」

にやり、として浅く腰を屈めた。

三

五人の子供たちと作兵衛が、竹とんぼを飛ばして遊んでいる。男四人に女ひとりの子供たちが仲良く遊んでいる姿に、錬蔵は、こころのなかに安らぎに似た、温かいものが広がっていくのを感じていた。

子供たちみんなに作兵衛は、竹とんぼをつくってきていた。子供たちは、その竹とんぼを飛ばし合って、はしゃいでいるのだ。作兵衛は、器用な質《たち》らしい。錬蔵は、

「もと大工だったということで」

と藤右衛門がいっていたのをおもいだした。

目の前には、広大な木置場の貯木池がひろがっている。清吉の長屋は島田町にあった。作兵衛と子供たちは、無数の木材が水面に浮かぶ貯木池の土手近くで遊んでいる

のだった。

向こう岸に、入船町の町家が建ちならんでいる。吹く風が錬蔵の頰を嬲《なぶ》って、通りすぎていった。

洲崎の土手の向こうから、押し寄せる波の音が響いてくる。群れ走る馬の足音に似ていた。

洲崎の土手が防風林がわりになっているのだろう。いま錬蔵が立っているあたりでは、照りつける陽差しの下でも、心地よささえ感じるほどの、いい風が吹いている。が、江戸湾の沖合では、かなりの強風が吹き荒れているのかもしれない。

そばに立っているお紋が、小声で錬蔵に話しかけてきた。

「よかったね。さすがに鞘番所の御支配さまだ。旦那が『よく似ているが、作兵衛爺さんと人相書きの高町の文五郎は、まったくの別人だ』と話してくれたときに、子供たちの顔が、ぱっ、と明るくなった。やっぱり、子供心に心配していたんだね、作兵衛さんのことを」

「子供は正直なものだ。子供のいないおれには、子供のことはよくわからぬが、それでも、作兵衛のことを話して聞かせたときに、子供たちの顔に浮かんだ安堵のおもいを、はっきりと感じとれた。子供とは、かわいいものだ」

しみじみとした錬蔵の物言いだった。

「ほんとに」

いつになくしんみりとした口調で、お紋が応えた。

少し離れて安次郎と小笹が、じゃれあう作兵衛と子供たちを見つめている。ふたりとも錬蔵とお紋に、それなりに気を使っているのかもしれない。錬蔵が、子供たちに作兵衛のことを話して聞かせた後から、安次郎は小笹としか口を利《き》かなくなっていた。小笹も、そこは芸者稼業の女、男と女の機微は、当然のことながら身についている。安次郎同様、錬蔵を慕っているお紋のこころを、十分に察していた。

「なかなか出来ぬことだ」

独り言のような錬蔵のつぶやきだった。

「何が」

聞き咎めたお紋が錬蔵に問いかけた。

顔を向けた錬蔵が、

「清吉のことだ。本来なら御上《おかみ》でやらねばならぬこと。頭が下がるおもいだ」

そういい、懐《ふところ》から取りだした銭入れから一両を摑《つか》みだし、懐紙に包んだ。

「わずかだが、これを小笹に渡してくれ。子供たちの食い扶持の足しにでもしてくれ、といってな」

渡そうとした錬蔵の手を押さえ、

「その紙包みは、じかに小笹ちゃんに渡してくださいな。そのほうが、清吉さんも喜ぶというものですよ」

と、微笑んだお紋が振り向いて、呼びかけた。

「小笹ちゃん、旦那が話があるってさ」

「大滝さまが」

一瞬、小笹が不安げに小首を傾げた。お紋が、

「何だい、その顔は。旦那は、清吉さんのこと、褒めてらっしゃるんだよ」

「ほんと、ですか」

目を輝かせた小笹が小走りに近寄ってきた。安次郎がつづく。

微笑んだ錬蔵が小笹に声をかけた。

「清吉にも会っていきたいのだが、働きに出ているとのこと。もどってくるのは夕刻になるだろう。務《つと》めがあるゆえ、それまでは、とても待てぬ。清吉に会いに、近いうちに出直してくるつもりだが、その前に渡しておきたいものがあってな」

「渡しておきたいもの」

訝しげに小笹が、ちらり、とお紋に視線を走らせた。

「旦那の心づかい、遠慮なく頂戴するんだよ」

笑みをみせてお紋が応えた。

「少ないが子供たちの飯代の足しにしてくれ」

紙包みを錬蔵が差し出した。

受け取った小笹が手触りでわかったのか、

「まさか、小判」

とつぶやき、躰《からだ》を強張らせた。

「清吉さんに渡してくれ、とさ。捨て子を拾って育てる。なかなか出来ぬことだ、と旦那は仰有ってるんだよ」

横からお紋が口をいれた。

「遠慮なく頂戴いたします」

両の掌《てのひら》で紙包みを大事そうに包み込み、小笹が頭を下げた。

「清吉によろしく、つたえてくれ」

振り向いて、錬蔵がことばを継いだ。

「安次郎、大番屋へもどるぞ」

「作兵衛さんは、どうしやす」

「もう少し子供たちと遊ばせてやれ。いつ引き上げるかは作兵衛にまかせよう」

「わかりやした」

そういって安次郎が躰の向きを変え、呼びかけた。

「作兵衛さん、御用の筋があるんで、おれたちは引き上げるが、松月楼へもどる刻限は、作兵衛さんにまかせる、との大滝さまのおことばだ。気儘《きまま》にしていいぜ」

子供たちと遊ぶのを止めて、作兵衛が安次郎に頭を下げた。作兵衛の様子からみて、もうしばらく、子供たちと遊んでやるつもりなのだろう。

子供たちと作兵衛から眼を移し、錬蔵が告げた。

「お紋、いま抱えている一件が一段落したら、河水楼に顔を出すつもりだ。そのときは、声をかける」

「楽しみに待ってますよ、きっと声をかけてくださいよ」

小さくお紋が頭を下げた。

「行くぞ」

歩きだした錬蔵に安次郎がつづいた。

深川大番屋へもどった錬蔵は用部屋へ入った。安次郎は、昼餉《ひるげ》の支度に、その足で長屋へ向かった。昼餉を済ませた後、高町の文五郎の人相書きを張り出した自身番、辻番をふたりでまわることになっている。

同心たちからの日々の復申書が文机《ふづくえ》に置いてあった。

文机の前に坐った錬蔵は、一番上に置いてある松倉孫兵衛の書付を手に取った。復申書は、このところ同じ順に積み重ねてあった。

まず松倉孫兵衛、次は八木周助、溝口半四郎、小幡欣作と重ねられている。年功序列に従っている、とおもわれた。

つい少し前までは、二番目に積み重ねられる八木と溝口の復申書が、ちょくちょく入れ替わっていた。数日前は八木、その翌日は溝口といった具合に、である。

それ以前は、秩序なく、復申書を文机に置いた順に積み重なっていた。

秩序なく積み重なっていたほうが、都合がよかったかもしれぬ、と錬蔵はおもった。同心たちが深川大番屋へ引き上げてきた順番が、わかったからである。

が、それが今では、すっかり様変わりしている。おそらく、同心たちが話し合って、最後に復申書を文机に置く者が年の順に並べ替える、と決めたのであろう。錬蔵にしてみれば配下の動きが摑みにくくなった分、余計な気配りをしなければならなくなっていた。

が、同心たちがこころをひとつにして動き始めた証、とのおもいも錬蔵にはあった。

最初の二枚、松倉孫兵衛、八木周助の復申書には、

〈高町の文五郎の人相書きを張り出した、見廻ると決められた一角の、途上にある自身番、辻番に、人相書きについての届け出なし〉

としるされていた。

三枚目の溝口半四郎の書付の文言は違っていた。

〈門前東仲町は土橋にある『松月楼』の下男が人相書きに似ているとの届け出が自身番にあり。松月楼は河水楼同様、河水の藤右衛門の見世也。見廻りの途上、猪之吉と偶然出会い、その下男のこと、問い糾《ただ》すも、その男に関しては顔は似ているが別人、と一笑に付されたり〉

とあった。松月楼の下男といえば作兵衛のことであろう。

最後の小幡欣作の復申書には、

〈熊井町の裏長屋に住む浅蔵《せんぞう》なる船宿の船頭が似ている、と自身番に届け出た者あり。五つ（午後八時）に長屋を訪ねるも不在、四つ（午後十時）に再度、訪ねるも、

また不在。明日にでも、訪ねる所存)

と書いてあった。

復申書を文机の上に置いて、錬蔵は腕を組んだ。この二日の探索について、さまざまな角度から検討してみる。

人相書きを張り出して二日目にしては、上々の首尾というべきであろう。

昼過ぎからの自身番、辻番の見廻りでおもわぬ手がかりがつかめるかもしれない。

子供たちから疑われた作兵衛には気の毒だったが、高町の文五郎の人相書きを深川のあちこちに張り出したことは、決して間違いではなかった。打った手立ては確実に功を奏している、との手応えを、錬蔵は強く感じとっていた。

四

昼餉を食した後、錬蔵と安次郎は大番屋を後にした。予定どおり、深川にある自身番や辻番を片っ端からまわる。

が、錬蔵の予測に反して、高町の文五郎に似ている者がいる、と訴え出た者はひとりもいなかった。

石島町の自身番を出るなり、錬蔵は安次郎に声をかけた。

「そろそろ引き上げるか。これ以上、歩きまわっても、多分、無駄足で終わるだろう」

すでに三刻（六時間）ほど歩きつづけている。

「深川の住人の御上嫌いは、骨の髄まで染み込んでいるもの。旦那には悪いが、てめえの身に高町の文五郎の無法が降りかかってこないかぎり、自身番へ足を運ぶことは、まず、ありますまいよ」

いいにくそうに、安次郎が応じた。

「そうかもしれぬ。が、いま、高町の文五郎を炙《あぶ》り出す手立ては、これしかない」

一語一語、噛《か》みしめるような錬蔵の物言いだった。安次郎は、返すことばをおもいつかなかった。

ふたりは黙々と歩をすすめた。

深川大番屋へもどった錬蔵と安次郎をおもいもかけぬ人物が待ち受けていた。

その男は、五つ前に大番屋にやってきて、物見窓越しに門番に、

「御支配さまに大層なお心遣いをいただきました。一言、お礼を申し上げたくてまい

りました。御支配さまにお取り次ぎ願えませんか」

と腰低く頼み込んできた。門番が、

「御支配は出かけられてお留守だ」

と応えると、

「明日も仕事に出かけねばなりません。出直してきても、今日と同じように夜になります。できれば門番所の片隅ででも、御支配さまがお帰りになられるまで待たせていただけませんか」

と丁重に頭を下げた。門番が細めにあけた物見窓から見るかぎり、男は、地道に生きるしか能がない、生真面目な、堅気の職人にみえた。おもわず門番は問いかけていた。

「明日の務めは何刻《なんどき》からだね」

「しがない左官職人でございます。七つ半（午前五時）には住まいを出て、本所菊川町の建て増しの現場へ出かけ、土を捏《こ》ね始めます。土の捏ね具合で壁塗りの出来不出来が決まります。納得いくまで、とことん土を捏ねたつもりでも、滅多に、満足できる仕上がりにはなりません」

いかにも実直そのものといった顔つきで、男が応えた。粗末な木綿《もめん》の小袖を身につけている。日々の暮らしぶりも、決して楽なものではない、と門番はみてとった。門番のこころが動いた。

「おまえさんの名は」

「島田町の裏長屋、庄助店《しょうすけだな》に住まう清吉でございます」

「清吉さんかい。御支配のお帰りを待つのもいいが、役目柄、お帰りにならないこともある。それでもいいなら、門番所へ入りな」

みるからに律儀そのものの清吉である。大番屋のなかに入れても騒ぎを起こすことはあるまい、と判断した門番は、表門の潜り戸を開け、招き入れたのだった。

帰ってきた錬蔵が門番所に声をかけると、

「すぐにあけます」

と応え、門番がいそいそと出てきて潜り戸を開けた。

入ってきた錬蔵に小声で、

「島田町の庄助店に住む清吉という者が御支配に一言、お礼を申し上げたいと門番所で待っておりますが」

と門番が話しかけてきた。

「清吉」

「清吉が」

ほとんど同時に声を上げ、錬蔵と安次郎が顔を見合わせた。予測もしていないことだった。

「門番所で会おう」

そういって錬蔵は門番所へ顔を出したのだった。

入ってきた錬蔵に気づいて、一隅に坐っていた清吉が立ち上がり、深々と頭を下げた。

微笑みながら錬蔵が声をかけた。

「わざわざ、礼をいいに来ることはなかったんだ。捨てられた五人の子の世話をする。なかなか出来ることじゃねえ。本来なら、御上の手でやらなきゃならねえことを、やってくれている。礼をいうのは、むしろ御上の手先を務める、おれのほうだぜ。ほんとうに、ありがとうよ」

小さく頭を下げた錬蔵に清吉が、

「もったいない。小笹から仔細を聞いて、ただ、ありがたい、礼をいわなきゃ気がすまない、との一心でまいりました。あっしは、捨てられた子供たちが可哀想だ、このままほっとけないと、ただそれだけの気持でやっていることでして。そんな大袈裟なことじゃねえんで」

浅く腰を屈めて、しきりに頭を下げる清吉の、隠し事など微塵《みじん》もない、正直そのものの面差しを見つめた錬蔵のなかに、不意に湧いたおもいがあった。

（誰かに、似ている）

というものだった。誰に似ているか、咄嗟《とっさ》には思い出せなかった。記憶の糸をたどってみる。

が、その糸は、途中で切れて、似た顔に行き着くことはなかった。

おれの思い違いかもしれぬ。錬蔵は、そう思い直して清吉に声をかけた。

「近いうちに遊びに行くぜ。作兵衛さん同様、子供たちの遊び相手になってやりたい気もしてるんでな」

「ぜひともおいで下さいまし。作兵衛さんの身の証も立てていただいて。安心したのか、子供たちにも明るさがもどりました。大好きな作兵衛さんが何か悪いことをしたのだろうか、そんなはずはない、と子供なりに心配しておりました。そんな子供たちに気づいてはいても、あっしには何も出来ません。ほんとうに、ありがとうございました」

そういって清吉は、何度も何度も頭を下げた。

「明日の務めがあるだろう。早く帰りな。小笹にも、よろしくつたえといてくれ」

「つたえますでございます。ほんとうに、ありがとうございました」

再び、清吉が深々と頭を下げた。


用部屋へ入った錬蔵は、町名主たちから届け出られた書付に目を通した。町内の人の出入りにかかわる書付だった。いずれも人別帳に記される住人たちの届けであった。

深川には、人別帳に名が記されていない無宿人たちが何人いるだろうか。錬蔵は、見廻りのさなか、見聞きしたことや藤右衛門たちとの世間話などの切れ端から、およその数を推量してみた。

少なく見積もっても、おそらく人別帳に書かれている人数の五割ほどの無宿人が、この深川に住みついているに違いない。

六万坪や砂村新田《しんでん》の外れに、目立たぬように筵《むしろ》で囲った掘っ立て小屋を建て、多数の無宿人たちが寝起きしているのを、錬蔵は知っている。

それらの無宿人たちの掘っ立て小屋を手入れするのは、いと容易《たやす》いことであった。

が、手入れをして、無宿人を捕らえても、その後どうすればいいか、いまの錬蔵にはよい知恵はなかった。

「おざなり横丁か」

無意識のうちに、錬蔵は独り言《ご》ちていた。

深川には、おざなり横丁のような、無法者や無宿人たちが群れて集落を形づくった一角が、数ヶ所ほどあった。

無法者と無宿人を一角に集め、住まわせる。動向を見張るには、そのほうがいいかもしれぬ。げんに、おざなり横丁は、浜吉《はまきち》を頭として、それなりの秩序を保っている。錬蔵の思案は、無法者、無宿人の集まるおざなり横丁から、無宿人が捨てた子を拾って育てている清吉へと舞い戻っていった。錬蔵が、脳裏に清吉の顔を思い浮かべた瞬間……。

清吉の面差しと重なる顔があった。作兵衛の顔であった。重ねてみると作兵衛の眼差しと清吉の眼には似通ったものがあった。

形も似通っている気がした。が、それ以上に似ているのは、優しさと、どことなく寂しげな、儚《はかな》ささえ感じさせる、眼の奥底に潜んでいる陰影だった。

おそらく清吉も作兵衛も、浮世の辛苦《しんく》をなめながら懸命に生き抜いてきたのだろう。

しょせん過ぎ行く日々がつくりあげた陰影にすぎぬ。作兵衛と清吉が、血の通った親子ででもないかぎり、そうとしかおもえぬではないか。他人の空似、に過ぎないのだ。錬蔵は、清吉と作兵衛の面差しが似ていることに、一瞬でも囚《とら》われていた自分が馬鹿馬鹿しくなった。

どうやら疲れているようだ。一眠りするか。おもいを切り替えた錬蔵は、長屋へ引き上げるべく立ち上がった。

五

必ず炙り出せる、との狙いでつくり上げ、町々に張り出した高町の文五郎の人相書きが、手がかりのひとつも生み出さぬまま終わった日の深更、深川の木置場の貯木池を漕ぎすすむ三艘の舟があった。

舟には、黒い盗人被りに黒い小袖を尻端折《しりはしょ》りして、夏だというのに、ご丁寧にも黒の脚絆《きゃはん》までつけ、腰に長脇差を帯びた黒ずくめの男たちが、一艘にそれぞれ十人ほど、合わせて二十数人乗り合わせている。よくみると、なかに数人、強盗頭巾をかぶった浪人風もいた。出で立ちからみて、どこぞの大店に押し込む盗人の一味に違いなかった。

舟は貯木池を横切り、茂森町の、木置場に接して設けられた船着き場に接岸した。

舟から船着き場に降り立った盗人たちは、身軽な動作で一気に通りへ駆け上がった。

大戸を下ろした、とある大店の前に半円に居流れた盗人たちのなかから、ひとりが前に出、潜り戸の前に立った。

派手に潜り戸を叩いて、よばわる。

「深川鞘番所の手の者だ。御用の筋である。早く戸を開けろ」

「はい、ただ今」

なかから応える声がして、近寄ってくる足音がした。足音を聞きつけたのか、潜り戸を叩いた盗人が長脇差を引き抜いた。

潜り戸が開けられた。

その瞬間……。

盗人は何の躊躇《ちゅうちょ》もなく、潜り戸を開けた手代に長脇差を突き立てていた。潜り口に躍《おど》り込み、手代の口に袖《そで》ごと自分の肘を押し込む。迅速な盗人の動きだった。

手代はくぐもった呻《うめ》き声を洩らしただけで息絶えていた。盗人が手代から長脇差を抜き取る。長脇差の支えを失った手代の躰は力なく、その場に崩れ落ちた。潜り戸を開けた手代が絶命するまでの間に、盗人たちは大店に押し入っていた。奥へ走る。

手代の骸《むくろ》を見下ろした盗人が、最後の一人が入ってきたのを見届け、潜り戸を閉めた。そのまま潜り戸の前に立ち、長脇差を手に油断のない眼で周囲を見渡している。家の奥から逃げ出してくる奉公人たちを、ひとりも逃さぬための配置とおもえた。

盗人たちは、端から家人、奉公人を皆殺しにする気で押し込んだのだろう。その証に、あちこちの部屋から断末魔《だんまつま》の悲鳴が相次いで上がった。

立ち番の盗人は眉《まゆ》ひとつ動かさず、凝然と奥を見据えている。

一刻（二時間）ほど大店を荒らし回って盗人たちは引き上げていった。家のなかには皆殺しにあった家人、住み込みの奉公人の骸が転がっているはずであった。

少なくとも盗人たちは、そう信じていた。

が、ひとりだけ生き残った者がいた。

竈《かまど》の火を始末したかどうか気になって、下働きの女が、たまたま起きだして台所へいっていた。

激しく戸を叩く音がして、

「深川鞘番所の手の者だ。御用の筋である」

と呼びかける大声を聞いた女は、潜り戸を開けに行った手代が、長脇差を突き立てられて発した呻き声に恐れおののいた。咄嗟に女は、入れていた水を使い切って、いまは空になっている水甕《みずがめ》に隠れたのだった。

盗人たちが立ち去ってからも、女は水甕から出なかった。

白々と夜が明け初めたころ、水甕から抜け出した女は、吉永町の自身番へ走った。

飛びこんできた女は、材木問屋〈秩父屋《ちちぶや》〉の下働きでお梅《うめ》、だと番太郎に告げた。

お梅は寝衣《ねまき》姿で、裸足だった。顔色は真っ青で、寒気でもするのか躰が小刻みに震《ふる》えている。まだ十代半ばとしかみえないお梅の、尋常ならざる姿に番太郎は、異変の匂いを嗅ぎ取っていた。

「落ち着きな。何があったんだ」

問いかけた番太郎に、お梅は、しどろもどろながら、秩父屋に盗人が押し込み、主人家族や奉公人たちを皆殺しにして金品を強奪し逃げ去ったこと、自分は水甕に隠れて、たまたま助かったことなどを話した。

聞き終えた番太郎は、

「急ぎ鞘番所へ走って事の仔細を報告する。ここで待っているんだ。一歩も動いちゃいけねえぜ」

そう告げられたお梅は、にわかに怯《おび》えた顔つきとなった。

「盗人たちは深川鞘番所の手の者だ、と名乗って潜り戸をあけさせました。深川鞘番所と、たしかに名乗りました。鞘番所に行っちゃいけない。行ったら殺される」

声を震わせて訴えるお梅を、番太郎は叱りつけた。

「馬鹿なことをいうんじゃない。鞘番所の御歴々が出役《しゅつやく》されたときは必ず『深川大番屋の者』と名乗られる。深川鞘番所と呼ぶのは、おれたち町人や浪人者だけだ。深川大番屋が深川鞘番所の公の呼び名なのだ。押し込んだのは盗人一味で、鞘番所の旦那衆とはかかわりない。わかるな」

一瞬、お梅が呆けたような顔つきとなった。

番太郎がいうとおりだった。

「たしかに」

とつぶいたお梅が、こくり、と大きく顎を引いた。自分を納得させるための所作とおもえた。

「いいな。おれが出かけたらつっかい棒をかけて、おれ以外のだれが来ても戸を開けちゃいけないぜ。わかったな」

「早く、早くもどってきてくださいね」

縋《すが》るような眼差しでお梅がいった。

無言でうなずいた番太郎が尻端折りをした。お梅に背中を向けて自身番から飛び出していった。お梅は、あわてて表戸を閉め、つっかい棒をかけた。その場にへたりこみ、祈るように両手を胸の前で合わせた。


大番屋に駆け込んできた吉永町の番太郎の知らせを受けた宿直の門番は、番太郎を門番所に留め置き、錬蔵の長屋へ走った。

門番の話を聞いた錬蔵は安次郎に、

「松倉たち同心四人と前原に見廻りの支度をととのえ、門番所の前に集まれ、とつたえよ」

と命じた。錬蔵は寝衣から着流し巻羽織の出で立ちに着替え、門番とともに門番所へ向かった。

門番所で錬蔵が、番太郎からお梅が駆け込んできたときの様子を聞き取っていると、前原伝吉が、小幡欣作と松倉孫兵衛が、少し遅れて溝口半四郎、さらに遅れて八木周助と小袖に着替えた安次郎がやってきた。

一同が揃ったのを見届けて錬蔵が告げた。

「これより吉永町の自身番へ向かう。茂森町の材木問屋〈秩父屋〉に盗人が押し込んだ。家人、住み込みの奉公人を殺して引き上げていった、という。たまたま起きだしていたお梅という下働きが、機転をきかせて空の水甕に隠れ、事なきを得て、自身番へ駆け込んできたそうだ。まずはお梅の話を聞くが先だ。それと」

そこでことばを切った錬蔵が、にやり、と意味ありげな笑みを浮かべ、つづけた。

「盗人め、事もあろうに下ろした大戸の潜り戸を開けさせるときに『深川鞘番所の手の者』と名乗ったそうだ」

「不届き千万な。いうに事欠いて『深川鞘番所』と名乗るとは、許せぬ」

怒りに眼をぎらつかせて溝口が吠えた。

『深川鞘番所』と名乗ったということは、われらが捕物で出役するときは『深川大番屋』と公の呼称を名乗ることを知らぬ輩《やから》、ということになる。深川で長く住み暮らしている者のほとんどは、そのことを知っている。おそらく、まだ深川に馴染まぬ者たちなのだろう。些細なことだが盗人一味め、手がかりをひとつ、残していったことになる」

「語るに落ちる、というところですな」

したり顔で松倉が応じた。

「行くぞ」

一同を見据え、錬蔵が下知した。

吉永町の自身番に着くなり番太郎が、

「おれだよ。自身番の番太郎だ。戸をあけてくんな」

となかに声をかけたが、お梅は警戒しているのか、すぐには表戸をあけなかった。

焦《じ》れたのか番太郎が苛立った声を上げた。

「深川大番屋の御支配さま自らのご出馬なんだ。早くあけねえかい」

慌てて表戸に駆け寄る気配がして、つっかい棒をはずす音がした。

番太郎が表戸をあけた。怯えた顔で身を竦《すく》めているお梅が、そこにいた。

自身番に足を踏み入れるなり、錬蔵が声をかけた。

「お梅かい。とんだ災難だったな。命が助かっただけでも、不幸中の幸いだ。わかっているだけでいいから、秩父屋の様子を話してくれないか」

突然、お梅が掌で顔を覆った。肩を震わせて大声で泣き始めた。

つづいて入ってきた松倉たち同心や前原、安次郎が、錬蔵を見やり、おもわず顔を見合わせた。

茂森町は松倉が見廻ると決められた一角だった。

「秩父屋への道筋なら、私が知っております」

と松倉が声を上げた。錬蔵は、お梅に、目線を走らせた。

おそらく秩父屋のなかは、地獄絵図に似た、酸鼻《さんび》を極めた有り様だろう。これ以上、お梅に厭なおもいをさせることはあるまい。そうおもった錬蔵は、

「お梅を、落ち着くまで自身番へ留め置いてくれ。年端もいかぬ者、いろいろと気づかってやってくれ」

と、番太郎にことばをかけ、自身番を出た。

秩父屋の大戸の前では、すでに小者や下っ引きたちが立ち番していた。

深川大番屋を出るときに錬蔵は、門番に、

「小者たちに命じて同心たちの下っ引きを集めさせろ。駆けつける先は茂森町の材木問屋〈秩父屋〉だ」

と言い置いてあった。錬蔵が吉永町の自身番でお梅から話を聞いている間に、下っ引きたちが着いたのだろう。

「表と裏は固めたな」

問いかけた錬蔵に、

「万事抜かりなく」

年嵩《としかさ》の下っ引きが眼を光らせた。

「何人《なんぴと》も入れてはならぬ」

「承知しておりやす」

顎を引いた下っ引きに、うなずき返して錬蔵が潜り戸をあけた。

秩父屋のなかには、いたるところに骸が散乱していた。

血の、饐《す》えたような臭いが店のなかに立ち籠めている。

壁に、戸障子に血が飛び散っていた。倒れた戸襖の上に、刀を突き立てられたのか背中に穴を開けられ、絶命した奉公人が俯《うつぶ》せに倒れていた。

「骸あらためにとりかかれ。奥へすすむにつれて、ひとりずつ散れ」

同心たちを振り向くことなく、錬蔵が命じた。

「承知」

低く応えて小幡が、骸が転がっていた部屋へもどっていった。

やがて松倉が、溝口が、八木が、そして前原が骸あらために散っていった。

骸は十数体ほどか。錬蔵は、胸中で、数えてみた。

さらに奥へすすむと、主人夫婦の寝間となった。錬蔵が座敷に足を踏み入れると、無惨に斬り殺された主人と内儀の骸が転がっている。夜具に血が染み込んでいた。

主人が、柱を抱くように寄りかかっている。その柱に突き立てた、小柄《こづか》で貫かれた一枚の紙がみえた。

紙片には墨痕《ぼっこん》太く、

〈高町の文五郎〉

と書き記してあった。

秩父屋への押込みは、人相書きを深川のあちこちに張り出されたことに対する、高町の文五郎の意趣返し、ともおもえた。

「高町の文五郎」

そばにいる安次郎が、はっ、と息を呑んだほどの口惜しさが籠もった、呻くような錬蔵のつぶやきであった。

錬蔵は、凝然と、

〈高町の文五郎〉

と墨書された紙片を見据えている。

その眼に、激しい憤《いきどお》りの炎が燃え上がっているのを、安次郎は、しかと見極めていた。

四章　杯中蛇影《はいちゅうじゃえい》

一

秩父屋には通いの番頭がいた。

五つ(午前八時)、いつものように秩父屋に出てきた白髪頭の番頭は、大戸の前で立ち番する下っ引きたちを見かけて走り寄ってきた。

「当家の番頭でございます。何か、あったのでございますか」

問いかけた番頭に下っ引きが、

「盗人が押し込んだのだ。家人、住み込みの奉公人が殺された。いま深川鞘番所の御支配が直々、御出役されて調べられている。奉公人がひとり、生き残っているらしい」

「旦那さまが、殺されたのでございますか。そんな、そんなことが」

腰が抜けたのか、力なく、その場に膝を突いた。

「しっかりしな。いま、御支配に指図を仰いでくる」

下っ引きが、傍《かたわ》らで立ち番している手先に何事かささやいた。無言で顎《あご》を引いた手先が潜り戸をあけて、店のなかへ入っていった。おそらく錬蔵に、通いの番頭が顔を出した、とつたえに行ったのだろう。

番頭は、頭を抱えたまま、しゃがみこんでいる。

店の土間からつづく畳敷きの間の上がり端に、番頭は腰をかけている。肩を落とし、憔悴《しょうすい》しきった様子にみえた。膝の上に置いた握り拳《こぶし》が小刻みに震《ふる》えている。無理もなかった。潜り口の傍らには、寝衣《ねまき》の胸元を血に染めた、断末魔《だんまつま》の形相凄まじい手代の骸《むくろ》が転がっている。

奥から錬蔵が出てきて、番頭のそばで胡座《あぐら》をかいた。安次郎が錬蔵の背後に控えた。

「深川大番屋の大滝錬蔵だ。見てのとおりの仕儀だ。とんだ災難で気が動転しているかもしれねえが、落ち着いて応えてくれ。番頭さんは、何て名だい」

「公兵衛《こうべえ》と申します。秩父屋にお世話になって四十年とちょっとになります」

肩が揺れるほどの溜息《ためいき》を、公兵衛がついた。

「公兵衛というのかい。下働きのお梅だけが、機転をきかせて水甕《みずがめ》に身を隠し、一命をとりとめている。が、お梅では店のくわしいことはわからない。番頭の、おまえさんなら、金倉にいくら入っていたか知っているだろう」

「存じております」

「あちこちに骸が転がっている。何かと辛《つら》かろうが、まずは金倉まで案内してもらおうか」

そういって錬蔵が立ち上がった。草履《ぞうり》を脱いで畳敷きの間に上がろうとした公兵衛に、

「草履は履いたままがいいぜ。いたるところに血が飛び散っている。足袋が血に染まることになる」

振り返った錬蔵がことばを重ねた。

血の臭いに耐えられないのか、廊下を歩きながら公兵衛は、袖《そで》で鼻をおおった。骸を見たくないのか、まっすぐ前を見つめて、すすんでいく。

そんな公兵衛が、足を止めたところがあった。主人夫婦の寝間の前であった。公兵衛は手を合わせ、眼を閉じた。主人夫婦の冥福を祈ったのであろう。

それも、わずかの間であった。歩きだした公兵衛に錬蔵と安次郎がつづいた。

蔵は、店からつづく母屋の裏手に、二棟、建てられていた。一棟には道具類、一棟には帳簿類が納められている、と公兵衛がいった。

「一の蔵、二の蔵とも突き当たりに金倉が設けられています。一の蔵に手持ちの金が入りきらないときは二の蔵の金倉を利用します」

「いまは、どうなっている」

「材木を買い付けたばかりで手持ちの金は少なくなって九百三十両ほど、一の蔵に入れてありました」

「二の蔵は使ってなかったのだな」

「左様で」

応えた公兵衛に錬蔵が、

「一の蔵は、駆けつけて、すぐにあらためた。二の蔵の鍵はかかったままだった。一の蔵に若い男の骸が転がっていたが、おそらく高町の文五郎は、その男から金のあり場所を聞き出したのだろう」

「一の蔵に転がっていた骸は三十前のお方でしょうか」

「そうだ」

「多分、若旦那でしょう。若旦那のおかみさんも五歳になる坊ちゃんも、殺されたに違いない。むごいことを」

「顔あらためも、してもらわねばならぬ。入るぞ」

だいぶ落ち着いて来たのか、公兵衛が小さく顎を引いた。

戸を開けて公兵衛が入っていった。錬蔵たちもつづいた。

突き当たりの、つくりつけの金倉の、観音開きの扉は開けっ放しになっている。金倉に入っていくと壁に背をもたせかけて男が坐り込んでいた。左の肩口から右の胸まで、一気に切り裂かれていた。みごとなまでの袈裟懸けであった。

太刀筋からみて、斬ったのは相当な剣の使い手に違いない。骸を最初みたときも、そうおもったが、あらためて錬蔵はその業前《わざまえ》を思いしらされていた。

じっと見つめていた公兵衛は、がっくりと膝をついた。

「若旦那でございます。赤子の頃、この両の手で抱いて、毎日のように、お守《も》りをしたものでございます。若、旦那、さま」

絞り出すような公兵衛の声音であった。何を祈るか、合掌したまま公兵衛は、みじろぎひとつしなかった。

そんな公兵衛をじっと錬蔵が見つめている。

相川町は巽《たつみ》橋近くに、その船宿はあった。

船宿の名を〈井筒《いづつ》〉という。

大川から大島川に入ってすぐ、越中島の向こう岸にある井筒は、夏になると、地の利もあって大川での舟遊びを楽しむ遊客で繁盛している。

この夏も、井筒からは毎晩のように舟遊びの舟が出て、当日、やって来る客のほとんどを断るほどの繁盛ぶりであった。

その井筒の二階、大島川を見下ろす窓辺に坐り、水面を眺めているふたりがいた。川面の小波《さざなみ》が雲の隙間から、時々、顔を出す陽差しを浴びて、きらきらと輝いている。

ふたりは、四十代後半の、どこぞの大店《おおだな》の主人と、付き従う番頭ともみえる出で立ちだった。主人風はがっしりした体軀《たいく》で細い眼の、商人にしては剣呑《けんのん》な目つきの男だった。番頭風は鰓《えら》の張った、四角い下駄《げた》のような顔形で、小柄、小太り、げじげじ眉、一見、愛嬌《あいきょう》のある顔つきにみえるが、ぎょろりとしたその眼は、狡猾《こうかつ》な抜け目のないものであった。

「夕立でもきそうだな。やけに蒸し暑い。弥平は、雷が苦手だったな」

「雷神《らいじん》の銀八《ぎんぱち》との二つ名を持つ、お頭からみれば『男のくせに度胸のねえ野郎だ』と笑われるかもしれやせんが、苦手というより、天敵というほどのものでして。盗人仲間では、少しは知られた名の車坂の弥平としちゃ、まことに面目ねえ、情けねえ話で」

苦笑いして弥平が頭をかいた。

「しかし、秩父屋には、がっかりさせられたぜ。あれだけの店構えの材木問屋だ。千両箱の二つは、金倉に納まっていると睨んで、押し込んだんだが、九百三十両ちょっとしかなかった。見込みはずれの仕儀だったよ」

「けど、秩父屋への押込みは、盗みだけが狙いではなかったわけでしょう。雷神のお頭が秩父屋へ押し込むまえに、『深川鞘番所が人相書きをあちこちに張り出したのは、高町の文五郎を炙《あぶ》り出すことが狙いだろう。雷神の銀八一味で、深川鞘番所の探索の手助けをしてやろうじゃねえか。深川の大店のどこぞに押し込んで家人、奉公人を皆殺しにして金品を盗み出し〈高町の文五郎〉と書いた紙を残しておけば、名前を騙《かた》られた高町の文五郎が腹立ちまぎれに、誰がおれの名を騙って濡れ衣をきせたか、突き止めずにはおかねえ、とおれたちのことを探り始めるかもしれねえ。炙り出すには、いい手立てさ。それと、捕物上手と評判の鞘番所の御支配のお手並も拝見してえ。おれとの知恵くらべの、ほんの挨拶がわりってやつよ』と仰有《おつしや》っていたじゃありやせんか。そう考えると九百三十両余はおまけみたいなもの。大儲けですぜ」

細い、蛇に似た眼で、ぎらり、と弥平を見据えて銀八がいった。

「まだまだ甘いな。見込みがはずれた押込みはしくじり、と考えなきゃ盗人稼業はつとまらねえぜ」

「こいつは手厳しい」

首をすくめた弥平に眼を据えたまま、

「ところで、ほんとうにあるんだろうな、高町の文五郎の隠居金は。いまとなっては与太話では通らないぜ」

やんわりと問いかけた銀八の音骨に、ぞっとするほどの冷たさと凄みが、こもっていた。

「そいつは」

いいかけて弥平が、口を噤《つぐ》んだ。瞬《まばた》きもせずに見据えている銀八の眼の奥に、凍《こご》えきった、獰猛《どうもう》な獣に似た陰影が宿っていることに気づいたからだった。

「つづけな。そいつは、から先は、どう話がつづくんだ」

瞬きひとつせずに、銀八が問いを重ねた。

「そいつは、絶対に間違いありやせん。少なくとも九百両余、ひょっとすると千両近くの隠居金を貯め込んでいるはずで。何せ、高町の文五郎は、酒は嗜《たしな》む程度、情婦は持たず、贅沢は身を滅ぼすもとと、押し込むと決めた店の調べと手配りをする仕込みの間は、青梅《おうめ》宿の外れの百姓屋を借り受け、近所の百姓に、ただで棚をつくってやったり、壊れた戸障子を直してやったりの暮らしぶりで。あれじゃ隠居金がたまらねえほうが不思議で」

「なんで高町の文五郎は、そんな大金を蓄えたんだ。隠居金だったら三百両もありゃ、十分だろうに」

「雷神のお頭が、いま、聞かれたのと同じことを、あっしが、高町の文五郎に聞いたことがありやす」

「高町の文五郎は、どう応えた」

「むかし、盗みの仕掛けにかかっていたとき、利用しようと近づいた女に、本気で惚れちまった。夫婦約束をし、女の親の眼を盗んで忍び会い、躰《からだ》のかかわりを持った。すぐ女が孕《はら》んじまったが、間が悪いことは重なるもの。押し込む日取りが早まった。盗みに入ったその足で、行方を晦《くら》ますことになっちまったが、いまは、そのことを悔やんでいる。せめてものお詫びに、その女と、無事に生まれていたら、お腹にいた、おれの子に隠居金を残してやりたい、とおもっている。だから、貯めているのよ、といってましたが、どこまでが本当で、どこまでが嘘か、そこのところは、あっしには、よくわかりやせん」

一気に話し終わって弥平が、おもわず手の甲で顔の汗を拭った。

「何度も聞かされた話だが、妙なものだ。同じ話を聞かされると安心するぜ。聞く度に中身に違いのある話は、どこかに誤魔化《ごまか》しや、喋っている奴の都合が含まれているものだ。同じ話を繰り返せる。それは、それで信用が出来る話だと、おれは、おもうことにしている」

「嘘偽《いつわ》りの欠片《かけら》もねえ話で」

小さく頭を下げて弥平が、再び、手の甲で額の汗を拭った。

大島川を一艘の屋根船が大川へ向かって漕ぎ出していく。銚子を手にした五十がらみの商人風が、暑いのに羽織を纏《まと》った武士が持った杯に酒を注いでいる。ふたりの前には膳が置かれてあった。おそらく、どこぞの藩の江戸留守居役を、出入りの商人が接待するために、舟遊びの宴をもうけたのであろう。

去っていく屋根船を見やった銀八が、

「昼日中から、ただ酒をくらってられるとは、いい御身分だぜ。さすが御武家さまといいたいところだが、当節は、押し込んだら金倉は空っぽ、内証は火の車というのが、御武家さまの相場。盗人のおれたちも、端から、押込み先よりはずすほどの貧窮振りだ。あのただ酒は、さぞ美味《うま》かろうぜ」

皮肉に含み笑った。

「たしかに」

屋根船を見ることもなく応えた弥平が、懐《ふところ》から手拭いを取りだして、顔の汗を何度も拭った。

二

秩父屋での調べは夕方までつづいた。深川大番屋へもどった錬蔵たちは、いったん、それぞれの詰所へ入り、しばしの休息をとった。

用部屋で錬蔵は、前原や安次郎と向かい合っていた。

顔を向けた錬蔵が、

「前原、此度《こたび》の高町の文五郎の押込み、どうみる」

「人相書きを張り出されて、すぐの押込み。しかも、いかにも、おれがやったぞ、と見せつけるように〈高町の文五郎〉と書いた紙を小柄《こづか》で突き立て、残してある。高町の文五郎に罪をきせよう、との魂胆が見え見えのような気がします」

横から安次郎が口をはさんだ。

「あっしも、前原さんと同じ読みでして。押し込んだのは高町の文五郎ではなくて、まったくの別人、ただ名を騙っただけだと、ね」

「何のために名を騙ったのだろうか。それには必ず、理由があるはずだ」

問いかけた錬蔵に安次郎が、

「理由ねえ」

と首を傾げ、前原と顔を見合わせた。

ふたりを見やって錬蔵が話しだした。

「いままでの高町の文五郎の務めぶりは〈殺さず、犯さず、貧しき者からは盗まず〉を貫いたものだった。が、此度の押込みは、水甕に身を隠したお梅をのぞいて、家人、住み込みの奉公人みんなが殺されている。おれも、此度、秩父屋に押し込んだ高町の文五郎は、偽者だとおもう。そう考えたとき、ひとつの推論が浮かび上がってくる」

ことばを切って、錬蔵がふたりを見つめた。無言の、安次郎と前原の眼が、錬蔵に、ことばのつづきを促している。

「偽者の狙いもおれたちと同じで、高町の文五郎を炙り出そうとしているのだ。押し込んで盗みを働き、高町の文五郎と名を書いた紙片を主人夫婦の寝間に残す。そのことを知った高町の文五郎は、名を騙られた上、いままで貫いてきた盗人の矜持《きょうじ》までをも穢《けが》された怒りにかられて、『誰が、おれの名を騙ったのか、許せねえ』と、必ず偽者の探索に乗りだすに違いない。そう踏んだ上での秩父屋への押込みなのだ」

「だとすると、名を騙った奴には、何としても高町の文五郎を探しださなきゃならない理由がある、ということになりやすね」

問いかけた安次郎が、首を傾げて、つづけた。

「どんな理由があるんだろう。かいもく見当がつかねえ」

「そのこと、おれにもわからぬ。ただ、このまま手をこまねいている気は、さらさらない」

応えた錬蔵に前原が問いかけた。

「どうなされる、おつもりで」

「明日より、片っ端から茶屋や船宿、旅籠などをあらためる。多人数で泊まっている者たちがいたら、そいつらの身元を、とことん調べ上げる。不審のかどがある時には、大番屋にしょっ引いて牢内に留め置き、白洲で、じっくりと詰問する所存だ」

ふたりを見やって、錬蔵がつづけた。

「高町の文五郎の名を騙った一味は、おそらく、少なくとも数人ずつに分かれるか、あるいは、一群となって、深川のどこぞに身をひそめているに違いない。一味は、大番屋が人相書きを深川のあちこちに張り出したのを知って、動いたのだ。そう見立てたとき、少なくとも一味の主立った者たちは深川のどこかにいた、との推論が成り立つ。人相書きを張り出した翌日に秩父屋は押し込まれた。一味が江戸府内のあちこちに散らばっていたら、時間的にみて、つなぎをつけるのが精一杯のはずだ。どんなに急いでも秩父屋へ押し込むのは今夜あたりになるだろう」

黙然《もくねん》と、安次郎と前原は、錬蔵の話に聞き入っている。顔を向けて、声をかけた。

「安次郎、すまぬが、松倉ら同心たちに、明朝五つ（午前八時）過ぎに、おれの用部屋へ集まるよう、つたえに行ってくれ」

「わかりやした」

裾をはらって安次郎が立ち上がった。

用部屋から安次郎が出ていったのを見届け、錬蔵が向き直った。

「前原は、これまでどおり、やくざの一家《いわ》をあたってくれ」

「やくざの一家に、凶状旅か、それとも曰くありげな、やくざの一群が草鞋《わらじ》を脱いでいないか、たしかめればいいのですな」

「そうだ。少なくともふたり、あるいは数人ずつ、まとまって草鞋を脱いでいる者がいるかどうか聞き込むだけでよい。それと」

「それと」

鸚鵡《おうむ》返しした前原に錬蔵が、

「明朝五つの同心たちとの会合には顔を出さなくてもよい。長屋にて久しぶりに子供たちと共に朝餉《あさげ》を食するがよい。頃合いを見計らって聞き込みにでかければよい」

「心づかい、痛み入ります」

応えて、前原が頭を下げた。


翌朝、用部屋で、錬蔵と横一列に座した松倉孫兵衛、溝口半四郎、八木周助、小幡欣作が向かい合っていた。安次郎は、いつものように廊下との仕切りの戸襖《とぶすま》のそばに控えている。

「旅籠の宿あらためのように、踏み込んで一部屋ずつあらためていくのですな」

身を乗りだして溝口が問うてきた。

「そうだ。まず秩父屋に盗賊、高町の文五郎一味が押し込み、家人、住み込みの奉公人を皆殺しにし、金品を奪って逃げ去った。その詮議だ、と声高に告げるのだ。見世中に響き渡るほどの大声でな。上がり込んだら、客のそれぞれの身上を聞きこむ。それも、相手が、うんざりするほどのしつこさ、でな。深川大番屋が高町の文五郎一味の探索を行っている、ということを深川中に知らしめる。それが客あらための目的だ。できるだけ派手にやれ」

横から八木が口をはさんだ。

「ねちっこく、やるのですな。何度も同じ問いかけをし、途中で話の中身が違ったら、言葉尻をとらえて、また、執念深く問い糾《ただ》しつづける」

うなずいた錬蔵が、一同を見渡し、

「おれと安次郎は、河水の藤右衛門の息のかかった見世など、めぼしい茶屋をあたっていく。抜かりなく仕掛かれ」

無言で、松倉ら同心たちと安次郎が大きく顎を引いた。

「深川大番屋の者だ。御用あらためである」

下っ引きふたりと小者数名をしたがえた小幡が船宿〈紫苑《しえん》〉の表戸をあけ、呼びかけた。

奥から、あわてて女将《おかみ》が出てきた。

「御用あらためと申しますと、まさか」

「そのまさか、だ。客あらためをいたす」

「座敷までも、でございますか。顔を見られたら困るお方もいらっしゃいます。お客さまに御用あらためのこと、触れてまいります。しばしのご猶予を」

「ならぬ。猶予をあたえたら逃げ出す客もいるではないか。通るぞ」

草履を脱いだ小幡が廊下の上がり端に足をかけた。動きを止め、小者たちを振り返る。

「手筈《てはず》通りに表と裏を固めろ。逃げ出す者がいたら、容赦なく引っ捕らえろ。鍋次《なべじ》たちは、おれにつづけ」

いうなり奥へ足を踏み入れた。鍋次たちも草履を脱ぎ、廊下へあがった。

すすむ小幡の前に立ち塞がるようにして女将が、声を上げた。

「お客さまに声をかけさせてください。ここは船宿、密《ひそ》かに逢瀬を楽しんでおられる方もいらっしゃいます」

「どけ、女将。邪魔ぁすると女将も引っ括《くく》るぞ」

女将を突き飛ばし、小幡が怒鳴った。

よろけた女将が奥の座敷へ向かって、わめいた。

「御用あらため、御用あらためでございます。御用あらために備えてくださいませ。身支度を、ととのえてくださいませ」

奥へ向かって小走りにすすみながら、女将が甲高い声で叫びつづけた。

「御用あらため、御用あらためでございます。身支度を、床から離れてくださいませ」

奥へ走る女将を、小幡は、あえて咎《とが》め立てしなかった。錬蔵から、

「できるだけ派手にやれ」

といわれている。

女将の騒ぎぶりをみて、小幡は、にやり、とした。もっと騒ぎ立ててやろう、と悪戯《いたずら》心が湧いた。

「深川大番屋の御用あらためである。素直に客あらために応じぬ者は、引っ捕らえて牢に放り込む。座敷にて、おとなしく御用あらために備えておれ」

あらんかぎりの声を張り上げて、小幡が吠えたてた。

三

大番屋の手の者が深川のあちこちで客あらためを始めた日の昼過ぎ……。

相川町の船宿〈井筒〉では、主人の角吉《つのきち》が、慌てふためいて階段を駆け上っていた。

二階の、川に面した座敷の前に走り寄った角吉が、足を止め、声をかけた。

「角吉です。大変なことが、始まりました」

「入んな」

中から応えた声があった。

戸障子を開けて、座敷に入るなり角吉が、

「雷神のお頭、鞘番所の奴らが高町の文五郎の行方を追って、片っ端から船宿や茶屋に上がり込み、泊まり客の身分あらためをやらかしてますぜ」

「手入れ、みてえなものか」

窓辺に坐っていた雷神の銀八が角吉に問いかけ、向かい合って坐る車坂の弥平と、柱に寄り掛かり、一升徳利を傍らに置いて、湯呑みで酒を呑んでいる浪人者に目線を走らせた。

「身分のはっきりしない者は、近くの自身番に連れていかれ留め置かれるという話でして。そりゃ、とても強引なやり口だそうで」

「雷神のお頭、秩父屋へ押し込んだのは、ちと、やり過ぎだったんじゃ」

探るような上目づかいで弥平が雷神の銀八に話しかけた。

ぎろり、と鋭い眼を向けた銀八が、

「おれたちを、慌てさせるほどの鞘番所の動きだ。高町の文五郎も、追い詰められた気がして、焦っているはずだぜ」

「じゃ、お頭は鞘番所の連中が、大がかりな高町の文五郎の探索に乗りだすに違いない、と端から睨んでいられたんで」

「そうよ。もっとも、これほど手際がいいとは、おもいもしなかったがな」

苦笑いして雷神の銀八が応えた。

横から角吉が声を上げた。

「お頭、御支配役がいまの大滝錬蔵とやらに代わって、鞘番所は大きく変わりましたぜ。大滝がよほど上手に手綱を締めているのか、同心、岡っ引きたちの動きが、ぴりぴりしていて、下手なことをやらかしたら、すぐ引っ括られるんじゃねえか、と無頼たちは、びくびくしながら暮らしている有り様で」

　鋭い眼差しを注いで雷神の銀八が聞いた。

「角吉、おれより、おめえのほうが深川にはくわしい。どうしたらいいか、おめえの考えを聞かせてくれねえか」

「井筒には、いま二十五人もの男たちが泊まり込んでおりやす。踏み込まれ『徒党を組んでいるとしかおもえぬ。高町の文五郎一味であろう』と捕らえられ、鞘番所に留め置かれる恐れがありやす」

「手下たちを、船宿でも茶屋でもいい、あちこちに散らしたほうがいい、というのだな」

「へい。それも、すぐにでも」

「高町の文五郎の行方をふたりに追わせている。そいつらは、いまのままでよいとして」

　うむ、と首を捻った雷神の銀八が、

「よかろう。ふたりぐらいずつ、他所《よそ》へ移らせることにしよう。角吉、みんなに、おれからの指図だといって、さっそく宿を引き移る支度に取りかからせてくれ。それと、つなぎ役をひとり、残しといてくれ。誰にするかは角吉、おめえにまかせる」

「わかりやした。すぐ手配いたしやす」

うなずいて角吉が立ち上がった。

座敷から出ていく角吉を見向こうともせず、雷神の銀八が目線を流して、つづけた。

「弥平と三九郎《さんくろう》さんは、おれと一緒にいてくれ。高町の文五郎のことを、よく知っているのは弥平、おめえだけだ。高町の文五郎について、もっとくわしく聞きたい気がしているのと、まだ、おめえを信じきれないんでな」

「雷神のお頭、そいつは、ちょっと手厳しすぎやしませんか。あっしは、ちゃんと、高町の文五郎の隠居金の話を手土産がわりにお仲間に加えてもらったんですぜ」

皮肉な笑みを浮かべた銀八が、

「そこが、気になるところなのさ。おめえは高町の文五郎のとこで何年、世話になった」

「二十年ちょっと、になりますか」

「二十年ちょっと、か。聞けば、高町の文五郎は、弥平、おめえのことを可愛がっていたというじゃねえか。隠居金のこと、見逃してやってもよかったんじゃねえのかい」

「冗談じゃありませんや。手下が食えなくなるかもしれねえというのに、てめえの勝手で、さっさと隠居して、行方を晦ましてしまう。行方を探ろう、と高町の文五郎の片腕として三十年以上、つとめてきた爺さんをしめあげたら、何のこたぁない、文五郎の野郎が九百両ほど隠居金を貯めこんでいたことがわかった。てめえの安泰だけを計って、おれたち手下を見捨てたんですよ、高町の文五郎は」

「そいつは、弥平、おめえの理屈だ。高町の文五郎には、文五郎の理があるだろうぜ」

「しかし、今更、それをいわれちゃ、おれの立つ瀬が」

「たしかに、ないな。まあ、せいぜい、おれの役にたってくれよ。それしかねえ。わかるな」

「せいぜい頑張らせていただきやす」

恨めしげに上目づかいで雷神の銀八を見やった弥平が、小さく頭を下げた。

「話はすんだようだな、お頭」

一升徳利を手にしたまま、三九郎と呼ばれた浪人が銀八に声をかけた。ろくに手入れもしていないのか、乱れきった月代《さかやき》、酒焼けしたどす黒い顔に血走った眼だけが妙に底光りして、荒《すさ》みきった暮らしぶりを物語っていた。

「早いとこ、深川鞘番所支配の大滝錬蔵を始末した方がいいのではないのか。不肖、尾田《おだ》三九郎が、鏡智《きょうち》神明《しんめい》流皆伝の腕を披露してもいいぞ」

一升徳利を持ち上げるや尾田三九郎が、徳利の注ぎ口を口に含み、一気に酒を呷《あお》った。

「手が空いたら角吉に案内させて、まずは大滝の顔あらためだ。今日の夕方あたりから動き出す」

酒臭い息を吐きながら三九郎が吐き捨てた。

「みごと、仕留めることができますかい。角吉が、大滝錬蔵は、やたら強えという噂で、といってましたぜ」

皮肉に薄ら笑って、雷神の銀八が尾田三九郎を見据えた。

冷えた笑いを返した三九郎が、

「一度しくじったら二度、二度しくじったら三度襲えばいいのさ。ようは大滝なにがしの息の根を止めればいいだけのことだ。ただ、それだけのことだ」

再び一升徳利の注ぎ口に口を押し当て、さらに、酒を流し込んだ。

四

生暖かい風が頬をなぶったかとおもうと、それまで茜《あかね》に染まっていた空に、突然、黒い雲が湧き上がった。

茶屋などに泊まり込んでいる客をあらためつづけていた錬蔵と安次郎は、深川七場所のひとつ、土橋にいた。

「夕立がきそうですぜ」

空を見上げて安次郎がつぶやいた途端、天空に稲光が走った。

どしゃぶりを絵に描いたような激しい雨だった。

突然、降り出した夕立に、間近に〈松月楼〉があるのに気づいた錬蔵と安次郎は、これ幸いと雨宿りに駆け込んだ。

出入り口で、見世から駆けだしてきた男衆とぶつかりそうになった安次郎が、

「危ねえ。気をつけな」

と声を上げるのと、

「すまねえ。急ぎの用で気がせいてたんだ」

と男衆が詫びるのが、ほとんど同時だった。

つづいて見世に足を踏み入れた錬蔵が、男衆に声をかけた。

「どうしたんだ猪之吉、血相変えて」

気づいた猪之吉が、

「これは、大滝の旦那。聞き覚えのある声だとおもったが安次郎さんかい」

と眼を向けた。

「何かあったのかい」

問いかけた安次郎に猪之吉が、

「盗人が入ったんでさ、真っ昼間だというのに」

「盗人が、どこに？」

「住み込みの奉公人の長屋に、でさ。調べた結果を主人に話し、指図を仰ごうと、河水楼へ一走りしようとしたところで」

横から錬蔵が声をかけた。

「盗みに入られた長屋を、おれにも調べさせてくれねえかい」

「願ってもねえ話で。よろしくお頼み申します」

向き直って猪之吉が頭を下げた。

小半刻（三十分）もしないうちに雨が上がった。

黒雲が、風に吹き散らされ、それまでの雷雨が嘘のように、沈みかけた日輪が山陰に顔を出し、西空を鮮やかな茜色に染め上げている。

長屋の屋根をつたった雨だれが、水溜まりに落ちて水飛沫《しぶき》を八方へ散らした。

夕立の名残をとどめる松月楼の裏手にある長屋のそばで、錬蔵は作兵衛から話を聞いていた。傍らに安次郎と猪之吉が控えている。

長屋には、仲居三人、作兵衛と男衆ひとりの、合わせて五人が住んでいた。

男衆は見世の雑用一切を、作兵衛は庭の手入れや掃除、薪《まき》割りなどを主な役向きとして割り振られているようだった。

あろうことか盗人は、仲居のひとりの部屋を荒らした後、男衆の住まいに忍び込んで箪笥《たんす》の奥に隠しておいた蓄えを奪いとった。

盗人が、さらに、作兵衛の長屋へ忍び入ったところに、薪割りを終え、噴き出した汗を拭おうと作兵衛がもどってきた。

盗人は匕首《あいくち》を抜いて、入ってきた作兵衛に突きかかった。

作兵衛は土間の壁に立てかけてあったつっかい棒を手に取り、盗人とやり合った。

が、それもわずかの間のこと、二の腕などを斬られてよろけた作兵衛に、盗人が体当たりをして逃れ去った、という。

長屋の、一間しかない座敷には血の飛び散った跡があった。作兵衛の腕の傷は、浅手ではあったが数ヶ所あり、小袖に染みた血の量からみて、かなりの出血があったとおもわれた。

座敷に飛び散った血は、作兵衛がすでに拭き取っていた。

「住まわせてもらっている長屋、ほうっておいては畳に血が染み込む。これ以上、畳を汚すわけにはいかない、とおもい、念入りに雑巾がけをいたしました」

眼をしばたたかせながら作兵衛が錬蔵に話したものだった。

作兵衛の話に不審な点はない。が、長屋のなかに漂っている血の臭いが、雑巾で拭き取ったにしては濃厚な気がしていた。

（おそらく、気のせいであろう）

と錬蔵は、そう、こころに言い聞かせた。畳の下に血塗れの骸でも転がっていないかぎり、これほどまでに血の臭いがすることはあるまい。しかし、目の前にいる、傷の手当を終え腕に白布を巻いた作兵衛は、みるからに善良そうな好々爺《こうこうや》なのだ。そう考え直して、錬蔵は、じっと作兵衛を見つめた。

横から猪之吉が声をかけてきた。

「大滝の旦那、どんなものでしょうか。そろそろ商いの始まる頃合い、以後の盗人の探索、あっしにまかせていただきたいのですが」

ちらり、と安次郎が猪之吉に目線を走らせた。すぐに錬蔵に移した安次郎の眼に、途惑いがみえた。猪之吉が、茶屋の商いに差し障りが出るかもしれない、申し訳ないが、そろそろ引き上げてほしい、と遠回しにいっているのは、あきらかだった。

商い大事、がいわせた猪之吉のことばだと、錬蔵は受け取っていた。着流し巻羽織の、いかにも町奉行所の与力、同心然とした出で立ちの者が色里の庭に立っている。松月楼に遊びに来た客たちの気分を害することは、たしかだった。

顔を向けて、錬蔵が告げた。

「これ以上、調べあげても新たな手がかりは見込めまい。此度の調べの中身、猪之吉から藤右衛門へ話しておいてくれ」

「承知しやした。お心づかい、ありがとうございます。何か新しいことがわかったら、すぐに、お知らせにまいります」

「そうしてくれ」

無言で猪之吉が浅く腰を屈めた。

振り返った錬蔵が安次郎に声をかけた。

「引き上げるぞ」

歩きだした錬蔵に、黙ってうなずいた安次郎がつづいた。


松月楼を出た錬蔵は安次郎を振り返った。

「大番屋へもどろう。見世の行燈《あんどん》看板や軒行燈に灯《あか》りが点《とも》っている。商いの邪魔はできぬ」

「その方がいいとおもいやす。とくに旦那とあっしが客あらためをしている茶屋の者たちにとっちゃ、御用の筋は、ただ厄介《やっかい》なだけの相手。表向きは愛想笑いに揉み手をして応対しても、その実は、けんもほろろの扱いを受けるがおちというもので」

応えた安次郎に、

「おれも、やっと呼吸が呑み込めてきたが、深川の岡場所では、昼はともかく夜になると、御上《おかみ》の御威光も、さほどの力を示せなくなるようだな」

「捕物か張り込みはともかく、聞き込みは控えたほうがよろしいかと。なかには商いの邪魔をされたと恨みにおもう奴もおりやす」

「同心たちも、頃合いをみて引き上げてくれればよいが」

「そこんところの心配はご無用で。松倉さんたちは、深川のことを、よく知っておられます。知りすぎているせいか、いつも腰が引けていて、傍からみていると焦《じ》れったい気分になるほどでさ」

「そうか。知りすぎて、腰が引けているか」

あけすけな安次郎の物言いに錬蔵は、苦笑いを浮かべた。

遊客が、着流し巻羽織という出で立ちの錬蔵に気づいて、少しでも遠ざかりたいのか、さりげなく軒下に寄って通りすぎていく。なかには気づかぬふりをして、顔を背けて行き交う者もいた。

亀久橋《かめひさ》を渡った錬蔵と安次郎は、仙台堀《せんだいぼり》沿いに西平野町、伊勢崎町と大川へ向かってすすんだ。対岸の万年町、永堀町、今川町には局見世《つぼねみせ》や茶屋、船宿などが建ちならんでいる。それぞれの見世の軒下や軒先にさげられた提灯には、すでに火が点っていた。提灯や柱行燈、町辻行燈などの灯りが夕立で濁った仙台堀の川面に映え、流れにまかせて揺れている。船宿から漕ぎ出た屋根船が大川へ向かって漕ぎ出していく。大川で夕涼みしながら船上の酒宴を楽しむのであろう。

（おもしろい町だ。昼間の景色と夜の風情が、大きくかけ離れている）

昼と夜の狭間《はざま》ともいうべき黄昏《たそがれ》時の風景を眼にするたびに、錬蔵は、そう感じるのだった。

深川は、富岡八幡宮や永代寺、霊巖寺《れいがんじ》、浄心寺《じょうしんじ》、弥勒寺《みろくじ》、神明宮《しんめいぐう》など寺社の多い一帯である。そのためか昼間は、それらの寺社に参詣する者たちが道々を往き来して、人の通りが絶えることはなかった。

が、夜になると様相は一変する。ほろ酔い加減の男たちが通りを往き来し、白首の、顔を白粉《おしろい》で塗りたくった女たちが裏通りの見世先に立って、そんな男たちの袖を引いて誘い、見世のなかに引きずり込む。

それぞれが、それぞれの、いま出来ることをやって必死に命をつないでいるのだ。多少、御法度から外れるようなことがあっても、他人に迷惑をかけぬかぎり咎め立てはせぬ。万が一、北町奉行より、手入れを厳しくせよ、との命が下っても、動いたふりをするだけのこと、と錬蔵は腹を括っていた。

上ノ橋を右へ折れてすすむと、御舟蔵に突き当たる。道なりに右へ曲がって小名木川に架かる万年橋を渡ると深川大番屋は目と鼻の先にあった。

新大橋のたもとには水茶屋が軒をつらね、蕎麦《そば》や天麩羅《てんぷら》などの屋台がならんでいる。局見世に繰り込むつもりで腹ごしらえしているのか、屋台には職人風や遊び人風の男たちが群がっていた。

鞘番所と通りを挟んで真向かいにある水茶屋の縁台に腰をかけ、表門へ向かう錬蔵と安次郎を見つめている浪人と商人風のふたりの男がいた。

ふたりの男のうちのひとり、商人風は船宿〈井筒〉の主人の角吉であり、浪人風は尾田三九郎であった。

小声で角吉が尾田三九郎に話しかけた。

「着流し巻羽織の野郎が大滝錬蔵で」

「いつも、あの下っ引きとふたりか」

三九郎が問いかけた。

「くわしくは知りませんが、ふたりのときが多いんじゃねえかと」

「四人もいれば十分だな。それで仕留められる」

低くいい、三九郎が薄ら笑った。

ちらり、と皮肉な眼を向けて、角吉がいった。

「鞘番所の御支配さまは滅法強い。そんじょそこらの町道場の先生方じゃ、とても歯が立つまい、ともっぱらの評判ですぜ。四人で大丈夫ですかね」

ぎろり、と鋭い眼で尾田三九郎が角吉を見据えた。

「なんなら角吉、おまえの躰でおれの剣の業前を試してみるか。大丈夫か、そうでないかは、それでわかるはずだ」

生唾《なまつば》を呑み込んだ角吉が、

「そんな、怖い顔をしないでくだせえよ。尾田さんとおれは、ともに雷神の銀八一味、お仲間なんですぜ。老婆心《ろうばしん》でいっただけですよ。いつもそうだが、尾田さんに睨まれると、生きた心地がしねえや。ほんとに勘弁してくださいよ」

ぼやいて首をすくめた。

そんな角吉を見向きもせず、鞘番所へ向かう錬蔵たちの後ろ姿に見入っていた尾田三九郎が、

「大滝はもちろん、下っ引きの後ろ姿にも隙がない。角吉のいうとおりだ。四人では仕留められぬ。襲撃《ご》の人手を増やしたほうがよさそうだ」

ぼそり、と独り言ちた。

血走って濁りきった三九郎の眼は、錬蔵と安次郎の隙を見いだそうと、表門の潜り口に、その姿が消えるまで凝然と据えられていた。

その目線を錬蔵は背で、しかと感じとっていた。

潜り口から、錬蔵につづいて足を踏み入れた安次郎に声をかけた。

「感じたか、凄まじいまでの殺気を」

「旦那のことだ。気づいていられるに違いない、とおもっていやした。新大橋のたもと近くの水茶屋のどこぞから発せられた、あまりにも、あからさまな殺気。人殺しに慣れた奴かもしれませんね」

はっ、と気づいて、安次郎がつづけた。

「まさか、高町の文五郎の名を騙って秩父屋へ押し込んだ一味の者じゃ」

「だとすると、片っ端から深川中の船宿や茶屋などへ踏み込み、手厳しく客あらためをしたことが、ひとつの成果を生んだことになる。殺気の主を引き寄せる手立てを講じねばなるまいよ」

不敵な笑みを浮かべて、錬蔵が応えた。

五

同心詰所へ錬蔵が顔を出すと、すでに松倉たちはもどっていた。安次郎がいったとおり、松倉、溝口、八木、小幡ら四人の同心には、深川の町々での探索の仕方が、よくわかっているのだろう。

「用部屋まで来る必要はない。復申は、この場で聞く。手がかりはみつかったか」

問いかけた錬蔵に一同は、

「高町の文五郎一味とおもわれる者はおろか、疑わしき者のひとりも見つけ出すことはできませんでした」

と異口同音に応えた。

「明日も、今日同様、派手に客あらためをつづけてくれ」

そう告げて錬蔵は用部屋へ引き上げた。前原は、まだもどってきていなかった。前原には、

「帰り次第、用部屋へ顔を出すように」

と下知してある。安次郎は夕餉《ゆうげ》の支度で長屋へ引き上げていた。

巻羽織を脱いだ錬蔵は文机《ふづくえ》の前に坐った。目を通すべく、届け出られた書付に手をのばしかけて、止めた。

さっき殺気を浴びせてきた者のことが、気にかかっていた。

船宿などの客あらためをやったことで、盗人一味から、かけてきたちょっかいである。いまの錬蔵にとっては唯一の手がかりでもあった。

突然……。

(おれが囮《おとり》となって、殺気の主をおびきだしてみるか)

との衝動に駆られた。

同時に、発する気の強さからみて、かなりの剣の使い手。相手の腕をたしかめてみたい、ともおもった。厳しい剣の修行に明け暮れ、皆伝を授けられた、腕に覚えのある剣客たちが、躰の奥底に叩き込まれた、性《さが》というべきものであろうか。

殺気はひとりだけのものだった。いま誘いをかければ、殺気の主ひとりを相手にするだけですむかもしれない。そう考えたとき、錬蔵の腹は決まった。

立ち上がり、刀架に掛けた大小二刀を手に取り腰に帯びた。壁に立てかけた深編笠を手にした錬蔵は、用部屋を出た。

これから、おそらく命のやりとりをすることになるだろう。錬蔵には、その修羅場《しゅらば》に安次郎を連れて行く気は、さらさらなかった。錬蔵は、殺気を感じとったときから、殺気を浴びせた相手との決着は、おのれひとりでつける、と決めていた。

門番に、

「前原がもどってきたら、復申は明朝でよいと、長屋にいる安次郎には、急ぎの用をおもいだしたので、おれは出かける、とつたえてくれ」

と言い置いて、錬蔵は潜り口から表へ出た。

殺気の主がいたのはすでに引き上げているかもしれない。

殺気の主は、このあたり、と推察される水茶屋のそばには、蕎麦や寿司など、小腹を満たすための屋台がならんでいる。錬蔵は、殺気の主に、わざと自分の姿をさらすように、屋台を冷やかしながら、ゆっくりと歩きまわった。

殺気はまったく感じなかった。が、気配を消すぐらい、錬磨を積み重ねた剣の上手には、何の造作もないことであった。

殺気を感じなかったことが、逆に、殺気の主が近くにいることを告げている証なのだ。

長年の探索で培《つちか》った勘が、そう錬蔵に語りかけていた。

ゆったりとした足取りで、錬蔵は歩きだした。

必ず、殺気の主は誘いにのって、おれをつけてくる、との確信が、錬蔵のなかにあった。

行く先は、すでに決めていた。

この刻限に人通りが途絶えるところ、いま錬蔵がおもいつくその場所は、洲崎の土手道の、縁切柳のそばしかなかった。

万年橋を渡った錬蔵は大川沿いに歩きだした。

相川町、熊井町を経て大島町へ出、大島川に架かる平助橋を越中島へ渡り、二十間川沿いに洲崎の土手道へ出る道筋をたどる。石置場に岡場所があるだけで、そこを過ぎると、しばらく大名家の下屋敷がつらなる。人通りが少ない分、尾行する者がいたら、気配を感じとりやすい。そう錬蔵は考えていた。

が、背後に殺気を感じたのは御舟蔵を過ぎたあたりであった。

殺気を消そうともしない尾行者に、錬蔵は、

(よほど腕に覚えのある奴)

との確信を抱いた。

縁切柳のそばで、必ず、斬り合うことになるだろう。錬蔵は、殺生《せっしょう》を好む者ではなかった。が、役目柄、降りかかった火の粉《こ》は払わねばならぬ、との腹は固めていた。

いま、まさしく、火の粉が錬蔵の身に降りかかろうとしている。

嵐の前の静けさ、といえた。

行く手を真っ直ぐに見据えたまま、錬蔵は黙々と歩をすすめた。

「おもしろい」

ぼそり、と尾田三九郎がつぶやいた。

「何が、おもしろいんで」

問いかけた角吉に、薄ら笑いで三九郎が応じた。

「大滝がことよ。おれが、ふつうの奴なら怯《おび》えるほどの殺気を浴びせかけているのに、気づかぬふりをして歩いていく。これほど肝の据わった奴には、初めて出くわした」

一町（約百九メートル）ほど先を行く錬蔵の後ろ姿を見やって、角吉が首を傾げた。

「つけているのは、ほんとに大滝の野郎なんですかね。深編笠で顔も見えない。着流しの忍び姿だ、鞘番所から出てきたことだけは見ていたんでわかるが、格好が、あまりにも変わりすぎている。あっしには、大滝だと、言い切れませんがね」

「間違いない。あ奴は深川鞘番所支配、大滝錬蔵だ。身のこなしでわかる」

冷えた笑いを浮かべた尾田三九郎が、

「大滝め、端から、おれと命のやりとりをする気で出てきたのだ。我が身を囮に、おれに誘いをかけたのだ」

「それじゃ尾田さんは大滝とやりあうつもりで」

「つけているのさ」

「そいつは困る」

突然、角吉が足を止めた。

「どうした？」

振り向いた三九郎に、

「あっしはこれでも、深川の船宿〈井筒〉の主人ですぜ。その実は盗人宿だが、表向きは、あくまでも堅気の船宿だ。斬り合うときに大滝に顔を見られちゃ、この深川に住めなくなる。井筒をまかせてくれている雷神のお頭に、迷惑をかけることになりやす」

梃子《てこ》でも動かない様子をみせて、角吉がいった。

「おれが斬られるとでもおもっているのか。なら、ここから帰れ。おれは、ひとりで行く。ぐずぐずしていたら、大滝を見失うことになる」

いうなり尾田三九郎は歩きだした。

茫然として、しばし見送っていた角吉だったが、あわてて踵《きびす》を返し、もと来た道へ小走りで引き返していった。

洲崎の土手道には、すでに人の姿はなかった。

縁切柳が黒い影を浮かせて、吹く風に枝を揺らしている。

やって来た錬蔵は深編笠をとり、道端に置いた。

ゆっくりと振り返る。

懐手をした尾田三九郎が、ゆったりとした足取りで近づいて来た。

数歩迫れば、大刀の切っ先が触れ合うほどの間合いをとって、三九郎が立ち止まった。懐から手を出す。

対峙した錬蔵が声をかけた。

「凄まじいまでの殺気。それほど、おれを斬りたいか」

眼を細めて三九郎が、錬蔵を見据えた。

「斬りたい。久しぶりに、おれの血が騒ぐ相手に出会った」

大刀を抜いた。

右下段に構える。

「右逆の構え。鏡智神明流か」

問うた錬蔵に尾田三九郎が薄ら笑った。

「ただの殺人剣。流派を名乗るは、剣の師にたいして申し訳がたたぬ」

「剣客としてのこころが、少しは残っているとみえる。鉄心夢想流《てっしんむそう》、大滝錬蔵」

ゆっくり、と大刀を引き抜いた。

右下段に構える。

雲間から顔を出した月影が、ふたりを照らし出した。

二十間川の水音が、絶え間なく響いている。

仕掛けたのは尾田三九郎だった。

一歩、間合いを詰める。

錬蔵は、動かない。

さらに一歩、三九郎が迫った。

左八双に、錬蔵が構えを変えた。

その瞬間……。

踏み込んだ三九郎が、逆袈裟に刀を振るった。

叩きつけた錬蔵の大刀と、振り上げた尾田三九郎の刀が、激しくぶつかり合った。

鋼鉄の、鈍い激突音が響き、同時に、夜陰を切り裂いて、鮮やかな火花が八方に飛び散った。

体《たい》を入れ替えて、錬蔵と尾田三九郎は、それぞれ右下段に構え、睨み合っている。

五章　多生之縁《たしょうのえん》

一

二十間川を吹き抜けた一陣の風が、洲崎の堤に繁る夏草を大きく揺らして、群がる人のざわめきに似た音を響かせた。

右下段に構えたまま錬蔵は動かない。

対する尾田三九郎も、鋭い眼を錬蔵に注いだまま身じろぎひとつしなかった。

一太刀ぶつけあっただけで、ふたりとも、たがいの剣の業前が並々ならぬものであることを見抜いていた。

（迂闊《うかつ》に仕掛けては、斬られる）

そう推断した錬蔵は、三九郎の足下を見つめた。足先が動けば、斬りかかってくる兆《きざ》し。つねづね錬蔵は、そう見立てることにしていた。度重ねてきた真剣勝負から身につけた、錬蔵の戦術のひとつ、ともいうべきものであった。

足下を見つめることで敵が踏み込んでくるかどうか、瞬時に見極めることができる。派手に刀を振り回して威嚇《いかく》したり、わざと隙をつくって誘い、相手が斬りかかってくるのを待つ。剣の使い手なら、いとも簡単にやってのける戦法だった。相手の表情、動きを注視していたら、つい、つり込まれてしまう。斬り合いになれぬころの錬蔵は、対する相手の仕掛けに幻惑され、命を失いかねない危ない目に何度もあっていた。

が、敵の足先の動きをみることで、敵の誘いにのることはなくなった。同時に、ひとつのことに気を注ぐことで雑念から解き放たれた。斬り合いの場にありながら、吹く風に揺れる、木の枝に繁る葉の触れ合う音や草むらで鳴く虫の声などが、耳に入るようになっていた。

少し前まで土手道にみえた、尾田三九郎に寄り添う、朧《おぼろ》な影が消えていた。いつのまにか月が雲の後ろに隠れたのであろう。

その影が、次第に三九郎の躰の下に淡く浮かびあがってくる。

地にのびたその影から、錬蔵は再び月が雲間から姿を現したことを知った。

このまま相手に隙が生じるのを待っていても、ただ時が過ぎ去るだけ。そう判断した錬蔵は、

（一手、仕掛ける）

と腹をくくった。腕の皮一枚、斬り裂かれるかもしれない。が、それは敵も同じこと。錬蔵が受けたのと、同じくらいの傷を負うはずであった。

ともに相手の腕前のほどは見抜いている。命あっての物種、敵も無茶をして、命を落としかねないほどの無謀な動きはするまい、と錬蔵は考えていた。

右下段から右正眼へと、錬蔵が構えをうつした。

が、尾田三九郎の足先は、ぴくり、ともしなかった。

誘いをかけたことを見抜いているのだ。そう錬蔵が推しはかったとき、

「斬り合いだ」

「果たし合いだぞ」

との声が上がった。二十間川から、櫓《ろ》のきしむ音が大きく響いた。その音が背後から迫ってくる。

突然……。

右下段に構えたまま、尾田三九郎が数歩、後退った。

一跳びしても切っ先の届かないほどの間合いをとった三九郎が、錬蔵を見据えた。

「邪魔が入った。近いうちに、必ず、命を頂戴する。今日のところは、おさらばだ」

油断なく錬蔵を見据えながら、尾田三九郎がさらに後退った。

右正眼に刀を据えたまま、錬蔵は動かない。

踵《きびす》を返した三九郎が、洲崎弁天の方角へ走り去った。その姿が夜陰に溶け込んだとき、洲崎の土手に舟が接岸したらしく、鈍い接触音が聞こえた。

誰かが舟から堤に飛び降りたらしく、草を踏みしだく音がした。

闇の向こう、土手道の奥に、洲崎弁天の鳥居と本殿の甍《いらか》が黒い影を浮かしている。

前方を見据えたまま、錬蔵が大刀を鞘におさめたとき、

「やっぱり大滝の旦那だ。大滝の旦那」

声がかかった。土手を駆け上ってくる足音が聞こえる。

振り返ると、走り寄ってくる男の姿がみえた。

「浜吉か」

呼びかけた錬蔵に歩み寄り、浜吉が笑いかけた。

「夜目に遠目、はっきりとは見えませんでしたが、斬り合っているのは大滝の旦那じゃねえか、と気になりまして、舟を岸につけやした。ところで相手はどこの野郎で」

「わからぬ。役目柄、命を狙われることが多いのでな」

あえて錬蔵はことばを濁した。微笑んで、つづけた。

「舟を漕ぎ寄せてくれて、よかった。ありがとうよ。実は、相手がおもいのほかの腕前でな、手こずっていたところだ」

破顔一笑して、浜吉が応えた。

「お役に立って、嬉しいかぎりで」

ちらり、と小舟を見やった錬蔵が、

「積み荷のあるところをみると、どうやら蒸し暑い夏の夜の涼船《すずみぶね》というわけでもなさそうだな」

「いやあ、鞘番所の御支配さまに、まずいところを見られてしまいました。実は、河水の藤右衛門親方のお情けで、親方がやっておられる見世見世から出た塵芥《じんかい》を集めさせていただき、埋め立てて新田にする一帯に捨てにいくところでございました。もちろん、もぐりでやっていること、大っぴらにはできません。夜の闇を隠れ蓑《みの》に、人目をかすめて、こそこそとやっていることでございます。おざなり横丁に住まう者たちの飯の種、お目こぼし願いとうございます。おざなり横丁を仕切る浜吉、このとおりでございます」

頭を下げた浜吉に、錬蔵がいった。

「藤右衛門も、おざなり横丁のみんなの暮らし向きを考えて浜吉に塵芥の始末をさせているのだろう。他人に迷惑をかけない。御上《おかみ》が埋め立てる場所と定めた一角以外には塵芥を捨てない。この二点だけ気をつけてくれりゃ、おおいに働いて、稼ぐにこしたことはねえ。ただし、なるべく人目につかねえようにしな。わかったな」

「万事、心得ておりやす。決して堅気の衆に迷惑をかけることはございません」

再び、浜吉が深々と頭を下げた。

舟に乗り込んだ浜吉が腰を屈《かが》めた。足の踏み場もないほどに布袋が積み込まれている。塵芥が詰まっているのであろう、夜目にも、布袋がどす黒く汚れているのがわかった。

さぞや舟の上は、腐った魚、青物などの食べ物や襤褸《ぼろ》、紙屑《かみくず》などの臭いがいりまじった、耐えがたい悪臭が漂っているのであろう、と錬蔵はおもった。

深川全体が、捨てられた塵芥が蓄積されて造り上げられた一帯なのだ。

深川の土地を、さらに広げるべく、江戸中から塵芥を集めて行われる埋め立ては、いまだにつづけられている。

塵芥にかかわる高札は江戸のあちこちに立てられていた。

〈江戸中ちりあくた

捨船深川越中島《えっちゅうじま》後

芥捨場所へ遺し捨へし
若中途に捨においては
曲事たるべき者なり〉
埋め立ての始まった元禄十年（一六九七）に立てられた高札には、こう記されている。以後、埋め立てるところが越中島から六万坪、十万坪とその場を変えるたびに、
〈捨船深川六万坪〉
あるいは、
〈捨船十万坪〉
などと、高札に書かれる、埋め立て場の地名は変わっていったが、高札は立てられつづけた。
芥《あくた》の高札は江戸の十数ヶ所に立てられていた。
深川越中島、芝金杉《しばかなすぎ》裏一丁目、浅草御蔵《おくら》の後ろ稲荷下の石垣際、浅草半右衛門《はんえもん》町、元新銭座、本湊《ほんみなと》町稲荷橋川岸、船松《ふなまつ》町入船川岸、明石《あかし》町橋際、明石町、海手の角、浜御殿二十間橋出口、北新堀《きたしんぼり》大川端、霊厳島四日市新川口、元浜町川口、浜町の阿部《あべ》家屋敷前、深川奥川《おくがわ》町の東河岸などが、その場所である。

塵芥を山積みした浜吉たちの舟が、二十間川を洲崎弁天の方へ遠ざかっていく。

深編笠を手にした錬蔵は、遠ざかる舟を凝然と眺めていた。

舟がすすんでいく方角からみて、浜吉たちは砂村新田に塵芥を捨てにいっているはずであった。

六万坪は、築立場《ちくたてば》が出来上がった後、町方支配となり町家が建てられたが、明和《めいわ》の頃に、細川越中守が町家ごと六万坪を譲り受け、町家はそのまま残し、下屋敷を建てている。

新たに埋め立てている砂村新田は、二十間川をはさんで、もとの六万坪、細川家下屋敷の対岸にある。これも埋め立てにより築地《つきじ》された十万坪の東側に位置していた。

公儀に申し出て、築地の認許を得た町人は、江戸の町々から塵芥を集めてきて埋め立て場まで運び、捨てる一角と定められた場所に投棄する業者を選び、業務を委託した。

浜吉は、

「もぐりでやっていること」

といった。築地の営造をすすめる町人から塵芥の投棄を依頼された業者ではない浜吉が、塵芥を捨てる。あきらかに、御法度に反する行為、というべきであろう。

が、錬蔵は、発したことばどおり、浜吉たちを咎《とが》め立てする気は、さらさらなかった。

塵芥に、どこの誰が捨てた芥、との印がついているわけではない。少なくとも築地の営造主は、ただで築地の材料ともいうべき塵芥を捨ててくれるとは実にありがたいこと、と裏にまわれば、ほくそ笑んでいるに違いないのだ。

塵芥と浜吉たちを乗せた舟は、江島《えのしま》橋をくぐり、川筋にしたがって左へ折れ、その姿を消した。

なぜか錬蔵は、舟が視界から消え去るまで、その場に立ち尽くしていた。塵芥の詰められた布袋が、みょうに気にかかっていたからだった。

気になっている理由を、錬蔵はいつしか胸中で探っていた。

ゆっくりと錬蔵は深編笠をかぶった。

大番屋へもどるべく、錬蔵は一歩足を踏み出した。

二

翌朝五つ（午前八時）過ぎ、深川大番屋に木場町の番太郎が駆け込んできた。

門番の知らせを錬蔵は長屋で受けた。急いで身支度をととのえた錬蔵は、安次郎とともに門番所に出向いた。

門番所の一隅に所在なげに坐っている番太郎に、錬蔵は見覚えがあった。縁切柳のそばで心中を偽装して殺された男女の骸《むくろ》をあらためて以来、顔なじみになった番太郎であった。

「また、何かあったのか」

気づいて立ち上がった番太郎が浅く腰を屈めた。

「木置場の貯木池に男の骸が浮いておりました」

番太郎が、骸が発見された顚末《てんまつ》を話し出した。

早朝、昨日やり残した、新たに製材する材木の選別作業を始めた木場人足が、貯木池に浮かべた丸太の近くに浮いている骸を見つけた。人足は仲間に声をかけ、骸を岸に引き上げた後、自身番に届け出てきた、という。

「骸は、岸に引き上げたまま動かしてはいないのだな」

問うた錬蔵に、

「自身番に知らせにきた人足に、骸の張り番をするように頼んでおきました」

番太郎が応えた。

「骸のところへ案内してくれ」

番太郎にいった錬蔵が門番に、

「同心詰所へ出向き、松倉たちに昨日と同じ探索をつづけるよう、おれがいってい
た、とつたえてくれ」

振り向いて、いった。

「安次郎、でかけるぞ」

無言で安次郎がうなずいた。


貯木池に無数の丸太が浮いている。浮島にもみえる木置場と木置場をつなぐ橋の向こうに、洲崎弁天へつづく土手道がみえた。

骸は、江島橋から茂森町へ向かって二本目の橋のたもと近くの岸辺に、横たえられていた。

番太郎のいうとおり、ひとりの木場人足が骸の張り番をしていた。気色が悪いのか、人足は骸に背を向け、土手に坐り込んでいる。

「すまなかったな、張り番させちまって」

番太郎に声をかけられ、振り向いた人足が錬蔵の姿に気づいて、あわてて立ち上が

って頭を下げた。

「面倒かけたな。礼をいうぜ」

人足にことばをかけた錬蔵が骸に歩み寄った。膝を折って、骸をあらためはじめる。

その傍らにしゃがみこんだ安次郎が、骸をのぞきこんだ。骸の胸に、長方形の穴が開いている。

振り向くことなく錬蔵が、

「安次郎、見ろ。胸の傷を」

指し示した。

「匕首《あいくち》の傷跡じゃなさそうですね」

応えた安次郎に、

「おれも、そうおもう。傷は深い。おそらく心ノ臓まで達しているはずだ」

「何の躊躇もなく一気に突き立てた。そういうことですかい」

「下手人にとっては、生かしてはおけない相手だったんだろうな」

「遊び人ですかね。それにしちゃ」

骸の裾を太股《ふともも》がみえるまで、めくりあげた。ふくらはぎと膝から太股にかけての肉が盛り上がっていた。足首がくびれている。安次郎がつづけた。

「旦那の受け売りですが、遊び人にしちゃ足が太い。よく足を使う稼業についている
んじゃないですか」

「おれも、そうおもう」

「旦那はどんな稼業だと」

「盗人、なんてのはどうだ」

「まさか、高町の文五郎の一味だと、いうんじゃないでしょうね」

「かもしれねえな」

そういった錬蔵のなかで、不意に浮かび上がった光景があった。

塵芥を詰め込んだ、黒く汚れた布袋を山と積んだ舟に乗った浜吉たちの姿であっ
た。

瞬間……。

こころに留まっていた、浜吉の舟に積まれた布袋にたいするわだかまりの因《もと》が、錬
蔵なりに解けていた。

曲げた膝を抱くように躰を二つ折りした骸を布袋に入れたとしたら、浜吉の舟に積
まれた布袋と、ほぼ同じ大きさになるのではないか、と錬蔵は考えたのだった。

（男の骸を捨てたのは浜吉ではないのか）

唐突に湧いた推量を、錬蔵は即座に打ち消していた。浜吉と、貯木池に浮いた骸につながりがあろうはずがなかった。

なぜ浜吉と骸が結びついたのか、錬蔵にはわかっていた。浜吉の舟が向かったのは砂村新田であった。舟が二十間川からそれて、少し回り道すれば、骸が浮いた一角となる。骸を捨てようとおもえば、いとも容易《たやす》いことであった。

（埒《らち》もない思案。どうかしている）

胸中で苦笑いした錬蔵は、ふたたび骸をあらためはじめた。


番太郎に荷車を手配させた錬蔵は、木場町の自身番へ男の骸を運びこんだ。骸を白洲の隅に横たえた後、錬蔵は番太郎に、急な繕《つくろ》いものに備えて自身番に用意してある糸と物差しを貸してくれ、と告げた。

糸と物差しを受け取った錬蔵は、さらに番太郎に、近くに住む大工から大工道具を借りてくるように命じた。

番太郎が出かけた後、自身番のなかで錬蔵は、安次郎とともに、男の骸をあらためはじめた。

骸の胸元をはだけた錬蔵は、安次郎とふたりで、それぞれ三本の糸を手にした。錬蔵は傷口に沿って上下と左斜めに、安次郎は左右と右斜めに三本の糸をあてがった。上下、左右、左右斜めにと、合わせて六本の糸が傷口に沿って交わり、台形をつくりだした。交差した糸の内側、台形の部分が突き立てられた刃物の形であった。

「なるほど、こうして糸で囲えば、傷口の形が、はっきりしてくる」

おもわず独り言《ご》ちた安次郎が、錬蔵に顔を向けた。

「旦那、傷跡からみて、匕首でねえことだけはたしかだ」

じっと六本の糸がつくりだした形状に見入っていた錬蔵が、

「最初、骸をあらためた時に、ふとおもったのだが、こうやって、傷の形をたしかめてみると、やっぱり、おれの見込みが当たっていたような気がする」

「旦那は、下手人がこいつを殺すのに、何を使ったと見立てなすったんで」

「鑿《のみ》、さ」

「鑿、というと、大工が穴を掘るのに使う道具の」

「まさしく、その鑿、よ」

「一口に鑿といっても、いろんな大きさや刃の形がありやすぜ」

そこで、はっ、と気づいた安次郎が、ぽん、と軽く拳で掌《てのひら》を打ってつづけた。

「それで旦那は、番太郎を大工のところへ走らせたんで」

「骸の傷口にあう鑿の刃先をみつけだそう、という算段さ。おそらく叩き鑿の一種だと、おれはおもう」

「なるほど。傷口に沿って置いた糸の長さを物差しで計れば、はっきりと傷口の寸法がわかるという道理で」

「そのとおりだ。それじゃ、はじめるかい」

脇においてあった物差しを錬蔵が手に取った。傷口に沿って置かれた糸に物差しをあてがいながら、錬蔵がいった。

「おれが物差しで計った数値を読み上げるから書き留めてくんな」

「わかりやした」

帯にさした矢立を引き抜いた安次郎が、懐《ふところ》から懐紙を取りだして、ひろげた。

式台の奥の座敷で、文机《ふづくえ》に向かって物差しで寸法を計りながら安次郎が懐紙に台形を描いている。

「十枚、描き上げましたぜ」

矢立に筆をしまって、安次郎が錬蔵を振り向いた。

式台に腰をかけていた錬蔵が、安次郎の問いかけに応えることなく、立ち上がった。

「帰ってきたようだぜ、番太郎が」

声に呼応するかのように自身番の表戸が開けられ、大工の道具箱を肩に担いだ番太郎が入ってきた。

手にした台形を描いた懐紙を、安次郎が広げている。

道具箱から鑿の一本を取りだした錬蔵が、描かれた台形の下の線に鑿の下部をあてて、懐紙に突き立てた。

「傷は心ノ臓まで達している。おそらく鑿の柄の近くまで突き刺さったはずだ」

懐紙を貫いた鑿を柄近くまで差し込んだ。鑿は台形の図の七割ほどの部分を貫いていた。

「どうも、この叩き鑿ではないようだな」

鑿を道具箱にもどした錬蔵は、道具箱から他の大ぶりの鑿を取りだした。

別の、台形を描いた懐紙を手にした安次郎が、大きく広げた。

手にした鑿を、前と同じ要領で押し当てた錬蔵が、再び懐紙に突き立てた。

この鑿も図の台形とは一致しなかった。大きすぎて、図からはみ出している。

「これも違う」

つぶやいた錬蔵は、鑿を道具箱にもどし、別の鑿を手に取った。

五本目の鑿が図の台形に、ぴたりと一致した。

「この叩き鑿が、殺しに使われたものと同じ種類だ」

懐紙から抜き取った鑿を、錬蔵がじっと見つめた。

横から安次郎がのぞき込む。

傍目には鑿を見つめているとみえる錬蔵だったが、意識はかつて聞いた藤右衛門のことばを求めて、探っていた。

「作兵衛は、もとは大工でして」

河水の藤右衛門は、たしかに、そういっていたのだ。

大工なら鑿は使い慣れている。忍び込んだ男を見つけた作兵衛は、手近にあった叩き鑿を使って男を突き殺したに違いない。もとは大工だった作兵衛を、松月楼の主人や男衆たちが重宝がって、つくりつけの棚をつくらせたり、建て付けの悪かった襖《ふすま》や障子を修繕させたりしていたから、万全とはいえなくとも、不自由しないていどの、一通りの大工道具が作兵衛の身近にあったとしても決して不思議ではない。

錬蔵のなかで何度か浮かび上がり、その度に一笑に付してきた、作兵衛への疑念が、いままた甦《よみがえ》ってきた。

白洲に横たえられた骸に、錬蔵は眼を向けた。骸は、作兵衛より二十以上も若い、筋骨たくましい男である。作兵衛は年老いていて、錬蔵が知るかぎり、動作も鈍い。

おもわず錬蔵は、首を傾げていた。

どうにも、すっきりしない気分だった。

もし作兵衛が男を殺したとしたら、骸をどうやって貯木池まで運んだのか。おざなり横丁の顔役である浜吉と作兵衛に何らかのかかわりがあるとは、とても考えられなかった。

「旦那、急に黙り込んで、どうしなすったんで。叩き鑿を持っていそうな奴でもおもいついたんですかい」

かけてきた安次郎の声で、錬蔵は思案からさめた。

「何でもない。ちょっと、おもいついたことがあってな。どうやら、思い過ごしらしい」

顔を安次郎に向けて、錬蔵が応えた。

が、ことばとは裏腹に、夕方には作兵衛の仕事は一段落するはず。頃合いを見計らって、もう一度、訪ねてみるか、とおもいはじめていた。

木場町の自身番で、錬蔵が安次郎とともに骸の傷をあらためていた頃……。

船宿〈井筒〉の二階の座敷で、雷神の銀八と目つきの鋭い遊び人風の男が向かい合っていた。尾田三九郎は柱に背をもたせかけて眼を閉じている。車坂の弥平は、戸襖の近くに控えていた。

「与吉《よきち》、おれへのつなぎが遅すぎやしねえか」

「何しろ、忍び込んだ先が茶屋ですからね。女好きの金助《かねすけ》のことだ、みつかりそうになったんで、そのまま客になりすまして松月楼に上がり込み、好みの遊女をみつけだして、一晩、泊まり込んだに違えねえ、とおもいやして。それで、朝方まで外で待つわけにもいかねえ、とあっしと金助が泊まり込んでいる船宿へもどりやした。けど、金助め、朝になっても帰ってこない。こいつぁ忍び込みは不首尾に終わって捕まったか、それとも殺されたか、とおもって、お頭に報告にきた、という次第で」

「高町の文五郎の行方を調べさせていた三人も帰ってこない。おそらく文五郎に気づかれて争いとなり、殺されたに違いないとおもっていたが、これで、金助を入れて一味の者が四人、高町の文五郎に息の根を止められたことになる。さすがに盗み上手のお頭としてならした高町の文五郎だ。これほどまでに腕が立つとおもわなかったぜ」

「松月楼の下男の作兵衛が高町の文五郎に似ている、という噂を聞き込んだんで、おととい、松月楼に飯を食いにいったんでさ。道に迷った振りをして裏庭にいくと薪《まき》を割っている者がいる。顔をみると、なるほど、高町の文五郎によく似ている。料理を運んできた仲居に『さっき裏庭をのぞいたら、自身番に張り出されている高町の文五郎の人相書きによく似た爺さんがいる。まさか、とはおもうが、あの爺さん、高町の文五郎じゃねえのかい』とかまをかけたら、仲居が笑って『ご冗談を。動きはのろいし、あれで盗人の親分だったら、みんなが大泥棒になれますよ』という始末。何のかのと世間話をしながら、仲居から作兵衛の住まいを聞き出した。似ているのはたしかだ。こうなりゃ、住まいに忍び込んで高町の文五郎だとの証をつかもう、と昨日、松月楼に金助が潜り込んだというわけでさ」

「忍び入ったはいいが、出てこなかった、ということか。金助め、どじを踏みやがって。情けねえ野郎だ」

吐き捨てるように銀八がいった。

それまで口をはさむことなく話をきいていた車坂の弥平が横から声をかけてきた。

「お頭、あっしが松月楼に出向いて、作兵衛とやらの顔をあらためてきましょうか」

じろり、と弥平に鋭い眼を注いだ銀八が、

「そいつは悪い了見だ。おめえが高町の文五郎の顔を知っているように、高町の文五郎も、おめえの顔を知っている。気づかれたら、息の根を止められることになるぜ」

「そいつはたしかに、そうかもしれねえ。人殺しはしなかったが高町の文五郎の匕首捌《さば》きは見事なものだった。十歳のころに二親をなくし、長屋の隣りに住む大工が口を利いてくれて、その大工の親方に住み込みで弟子入りすることになった。修業が厳しくてつらかったが、仕事の腕はめきめきと上がった。が、給金は上がらない。そのうち嫌気がさして、悪戯《いたずら》心で匕首を手に入れ、遊び半分、手前勝手に匕首の修練を積んだ。それが、おもいのほか役に立っているのさ、と高町の文五郎から聞いたことがありやす」

　うむ、と唸った銀八が、

「どうにも、解せねえ」

と、誰にきかせるともなく、つぶやいた。

「何が、解せねえんで」

　問いかけた弥平に、

「高町の文五郎のことよ。四人も殺して、いまだに深川から出た気配がない。高町の文五郎には、深川にいなきゃならねえ特別な理由があるんじゃねえかと、ふと、そうおもったのよ」

「深川に、いなきゃならねえ理由ねえ」

弥平が首をひねった。

「そこんとこは、まあ、いいや」

とロにした銀八が、

「与吉、角吉に、おれが、作兵衛の身柄を押さえるために明晩、松月楼に押し込む。ついでに、一稼ぎするつもりだ。みなにつなぎをつけて、支度にかかれ、とつたえてくれ。与吉、おめえも、角吉の手伝いをするんだ」

「わかりやした」

裾を払って与吉が立ち上がった。

目線を移して、雷神の銀八が声をかけた。

「三九郎さん、角吉から聞いたが、おまえさん、鞘番所の大滝なにがしと果たし合いをしたようだね」

横目で銀八を見やった尾田三九郎が、

「した。邪魔が入ったので、引き上げてきた。おれひとりでは、大滝には勝てぬかもしれぬ。三、四人で仕掛かれば息の根を止めることはできよう」

「大滝をつけ狙うことは、今後、止めていただきましょう」

「止める？　なぜだ」

血走った眼を向けた三九郎に、銀八が応えた。

「これ以上、一味の数を減らしたくないんでね。ただし」

「ただし、何だ」

「いずれ大滝とは、命のやりとりをすることになりやしょう。そのときに存分になさってくださいよ」

「おれは、お頭の手下だ。お頭の指図にしたがう」

抑揚のない口調で応えた尾田三九郎が、再び柱に背をもたせかけ、眼を閉じた。

三

松月楼に、安次郎をともなって錬蔵がやって来たのは、七つ（午後四時）を、大きく回った頃合いだった。

仕込みなど茶屋の支度が、一段落した刻限である。小半刻（三十分）ほど一休みして、客を迎える。それが茶屋の、日々の動きであった。錬蔵は、急ぎの探索の聞き込み以外は、できるだけ見世の忙しいときをはずして、訪ねて行くように心掛けていた。

暖簾《のれん》をかきわけて錬蔵と安次郎が入っていくと、廊下に立って仲居たちに何やら指図していた多三郎《たさぶろう》が気づいたらしく、向き直って頭を下げた。多三郎は、河水の藤右衛門から松月楼をまかされている男衆の兄貴分であった。

廊下から土間に下りようと草履に足をのばしかけた多三郎を、手を小さくあげて錬蔵が制した。

歩み寄った錬蔵が多三郎に声をかけた。

「作兵衛はいるかい」

浅く腰を屈めながら多三郎が応えた。

「どうしても行かなきゃならないところがある、早めに上がらせてくれ、と作兵衛が申し入れてきたので、そうさせてやりました」

横から安次郎が問いかけた。

「どこに行ったか、わかるかい」

「そこまでは、聞いてません。作兵衛に何か、不都合がありましたか」

心配顔で問いかけた

「いや、昨日、長屋に忍び入った盗人について、もう少し話を聞きたいとおもってな」

「それは、申し訳ないことをいたしました。作兵衛が帰ったら、鞘番所まで行かせましょうか」

「それには及ばぬ。手間をかけたな」

背中を向けようとした錬蔵を多三郎が呼びとめた。

「大滝さま、盗人は、またやってくるでしょうか。猪之吉がいっておりました。長屋に忍び入った盗人は、下見に来たのかもしれねえ。必ず近いうちに、盗人の一味が押し込んでくる。もっとも、これは、何の根拠もねえ、ただのおれの勘ってやつだけどな、とね。猪之吉の勘は、けっこう当たるんで、正直いって、気色悪い、というのがほんとうのところでして」

と、不安げに眉をひそめた。

「そうか。猪之吉の勘は、そんなに当たるのか」

問うた錬蔵のなかで、猪之吉が、なぜ近いうちに松月楼に盗人が押し込む、と推測したか聞きたい気持が湧いていた。錬蔵も、自分の勘働きがきっかけとなり、事件を落着させたことが何度もあった。

勘など、何の根拠もないこと、といってしまえば身も蓋《ふた》もないが、錬蔵は、勘とは、意識の片隅に潜んで、すっかり忘れさったことが、ひょんなことから形を変えて浮かび上がってきたものだ、と考えるようになっていた。長年、培《つちか》った経験から割り出したことであった。

「猪之吉は、いま、どこの見世にいる」

問うた錬蔵に多三郎が応えた。

「それが、大滝さま。今日の昼前に旅に出たんですよ」

「旅に？」

「懇意《こんい》にしてくださってる大滝さまだからいいますが、鶩《あひる》の見世の、抱えの遊女が不心得なことをしでかしやして」

「足抜き、か」

「そういうことで。で、猪之吉は男衆四人を引き連れての、急ぎ旅に出かける羽目に」

「それじゃ、深川には、半月ほどはもどれそうにないな」

「おそらく、そのくらいはかかろうかと。追う者も追われる者も、死に物狂いの旅になるのが急ぎ旅の常。ともに、辛いことには変わりはありませぬ。ことに、女を捕らえるときには辛さが増します。女の全部が全部、泣きわめき、抗いつづけます。哀れな、とたとえ、こころでおもっていても、女を連れもどすのが、あっしらの稼業。遊女は、男に躰を売るのが稼業。稼業をまっとうする覚悟の薄い女が、足抜きをします。連れもどした後、女に稼業をまっとうする気が起きるよう、手を替え品を替え、教え込むのもあっしらの仕事でございます」

「そうか。稼業、というか」

「稼業、と言い聞かせて、あてがわれた務めに励む。あっしも昔は、猪之吉と同じ務めについておりました。女を追って旅に出た猪之吉の気持は、痛いほどわかります。大滝さま」

ことばを切った多三郎が、じっと錬蔵を見つめた。穏やかで、濁りのない眼をしていた。

さらに、多三郎がことばを重ねた。

「仁義礼智忠信孝悌の八つの道義を失った輩《やから》といわれているあっしら亡八《ぼうはち》者も、産声《うぶごえ》上げて生まれ落ちたときは、まっさらの、亡八とは無縁の者でございます。生まれながらの亡八者など、この世には、ひとりもおりませぬ」

無言で、錬蔵は見つめ返した。

好き好んで、男に身を売る女がいるとは、おもえなかった。同じように、客をとらない女を好んで折檻《せっかん》する男衆もいるはずがなかった。

（すべて、日々のたつきを得るための稼業、か）

食を得ることが出来なければ、人は餓死する。死を恐れるのは人の常であった。死にたくないから稼業に励む。亡八を貫かぬかぎり、この深川では、日々の命をつなげぬのかもしれぬ。錬蔵の胸中に、唐突に湧いて出た、おもいであった。

「猪之吉の勘働きどおり、盗人が押し入るかもしれぬ。もし高町の文五郎の名を騙る一味だったら、金品を奪いとるだけではない。家人、住み込みの奉公人を皆殺しにする、兇悪極まる盗人だ。おれの助言だ、と藤右衛門にいい、男衆の数を増やして押込みに備えることだ。それと、盗人が押し込んだら、仲居でもいい、見世の者を大番屋まで走らせろ。いつ何時でも、手の者をひきいて、駆けつける」

「願ってもないお話。是非とも、そうさせていただきます」

深々と多三郎が頭を下げた。

島田町の庄助長屋は清吉の住まいに、作兵衛はいた。

土産に持ってきた草饅頭《まんじゅう》を頰張る五人の子供たちを、作兵衛は目を細めて眺めている。

　作兵衛と向かい合って坐る清吉が、

「伊作《いさく》、お光《みつ》、年上なんだから万七《まんしち》や勇太《ゆうた》、伸吉《しんきち》が饅頭をのどに詰めないように気をつけてやれ」

　食べながら伊作とお光が、うなずいた。

「可愛いもんだ。まるで孫をみている気分だぜ」

　独り言ちた作兵衛に清吉が、

「いつも気にかけてもらって。子供たちも、作兵衛爺ちゃん、来ないかな、といって、来てくれるのを心待ちにしてます」

「そういってもらえると、嬉しいやな。ところで清吉さん、今夜は念押しに来たんだ」

「念押し？」

「おれも寄る年波だ。何があっても、おかしくない。何度も口にしていることだが、おれに万が一のことがあったら、縁切柳の根元、それも水辺側の根元に、埋めてほしいんだよ」

「そのことなら、何度も聞いて承知しています。けど、どこぞの寺のほうがいいんじゃないですか。あっしだって、寺の住職に知り合いがいる。いつでも手配りできますよ。小笹も、作兵衛さん、なんで縁切柳の根元にこだわるんだろうって、不思議がってました。死ぬとはこの世と縁が切れる、ということだ。この世との縁切りの宴《うたげ》ともいうべきものが弔《とむら》い。縁切柳ほど、その最期の宴にふさわしい場所はない。そうはおもわないかい、と、いつも作兵衛さんがいっている、とおれがいうと、身寄りのない作兵衛さんの弔いを、清吉さんとあたしでださせてもらうのは当たり前のことだけど、ほんとに縁切柳の根元でいいのかね、と首を傾げていました」

目をしばたたかせながら、作兵衛がいった。

「小笹ちゃんが、清吉さんとふたりで、おれの弔いをだすのは当たり前だと、いってくれたのかい。ありがたいことだ」

「いつも細かく気遣いしてくれる。まるで清吉さんのお父っつぁんみたいだね、作兵衛さんは、とも小笹はいっていました」

「とんでもねえ。おこがましいことだ。おれみたいな半端者が、清吉さんのお父っつぁんだったら、世間が渡りづらくなるぜ。荷が重すぎらあ。それより」

真顔になって作兵衛が聞いた。

「清吉さんと小笹ちゃんの祝言《しゅうげん》、いつになるんだい」

「あと三年で小笹の年季があけます。年季があけたら、すぐにでも祝言をあげるつもりです」

「祝言をあげるときには、おれもよんでおくれよ」

「もちろんでさ。そんときゃ、いやでも、おれのお父っつぁんがわりをつとめてもらいますよ。祖父ちゃんも、とっくに死んで、おれには、身寄りがひとりもいない。嘘や冗談じゃねえ。本心からいってるんです」

「さっきもいったが、おれには荷が重い。悪いがその話、もう少し考えさせてくれ。いや、引き受けたくない、といってるわけじゃないんだ。ただ、おれも、こころの筋道をすっきりさせなきゃならないことがあってね。いま、この場での返事は勘弁してくんな」

「いい返事を、待ってますよ」

突然……。

「作兵衛爺ちゃん」

呼びかけながら駆け寄ってきた伸吉が、作兵衛に抱きついた。伸吉は四歳になったばかりで、子供たちのなかでは一番年下だった。

「びっくりするじゃないか、伸吉」

抱きしめながら作兵衛が笑いかけた。作兵衛の首に手を回し、膝にまたがった伸吉が、

「この間、約束してくれたよね、祭りの半纏《はんてん》を買ってくれるって。いつ買ってくれるの」

「買ってやるとも。今度の休みの日に、一緒に買いに行こう」

「ほんとだよ。指切りして」

小指を立てて伸吉が作兵衛に向かって手を出した。

「指切り、だ」

小指を伸吉の小指にからませた作兵衛が、

「指切り拳万《げんまん》、嘘ついたら針千本、呑ます」

節をつけて声を合わせながら、伸吉と作兵衛が指切りをした。

「ずるいぞ、伸吉。作兵衛爺ちゃん、おいらとも指切りしてよ」

伊作が走ってきて、小指を立てた手を突きだした。

「あたいも」

「おいらも」

「半纏、欲しいよ」

つづいてお光が、万七が、勇太が作兵衛に群がった。

「いいとも。買ってやるとも。今度の祭りには、みんな、そろいの半纏で繰り出すんだ」

伸吉、伊作、お光、万七、勇太とつづけて指切りしながら、作兵衛が屈託のない笑みを浮かべた。

「作兵衛さん、いつも、すまない」

申し訳なさそうな顔つきで、清吉が小さく頭を下げた。

四

翌朝五つ（午前八時）過ぎ、用部屋で錬蔵は松倉、溝口、八木、小幡、前原らと向き合って座していた。安次郎は戸襖の脇に控えている。

一同の復申を聞き終えた錬蔵が、

「人相が悪いのや、叩けば埃《ほこり》の出そうな奴らが、あちこちの船宿や局見世に泊まり込んでいるというのか。が、片っ端から引っ捕らえて、取り調べるわけもいかぬしな」

誰にきかせるともなく、つぶやいた。

空を見据えて、錬蔵が黙り込む。

重苦しい沈黙が、その場に流れた。

一同は、錬蔵が次に発することばを待っている。

顔を向けて錬蔵が口を開いた。

「前原、やくざの一家に草鞋を脱いだ旅人のなかに、やくざ者らしくない、疑わしい奴はみあたらないか」

「それらしい噂は耳に入ってきません。草鞋を脱ぐには、まず、一宿一飯に与《あずか》ろうとする一家の軒下三寸を借り受けて、渡世で定められた作法にしたがって仁義を切らねば、相手にされません。やくざあがりの盗人であれば仁義は切れましょうが、一宿一飯の旅人の待遇は大部屋でごろ寝、と相場が決まっております。深更、抜け出してもどるなど、勝手な動きは、まずできないはず。盗人が泊まり込むには不向きな場所ではないかと」

「これ以上の聞き込みは無駄だというのだな」

「如何様《いかさま》。ただ」

「ただ?」

鸚鵡返しした錬蔵に前原が応えた。

「賭場を張り込めば、怪しげな者が見つけ出せるのではないかと」

「賭場か」

ことばをきった錬蔵が、ふむ、と首をひねった。

ややあって、顔を上げた錬蔵が、

「今日のところは、どこの賭場に人が集まっているか調べるだけでよい。賭場に潜《もぐ》り込むとなると、夜の仕掛かりとなる。前原がひとりで動くには、ちと無理があるだろう。それなりの段取りを考えねばなるまい」

無言で前原が顎《あご》を引いた。

松倉たちに目線を流して、錬蔵が告げた。

「胡散《うさん》臭い輩が、どこに泊まっているか、しっかりと把握しておいてくれ。いつ御用あらためで踏み込むことになるかもしれぬ」

一同が黙然とうなずいた。


その日、錬蔵は安次郎とともに深川中の川沿いを歩きまわった。

高町の文五郎の名を騙《かた》った一味が秩父屋に押し込んだときの足取りが、どうにもつかめなかった。深川は、色里である。深更まで茶屋に灯《あか》りが点《とも》っている。秩父屋が押し込まれた刻限には、まばらになっているとはいえ、まだ遊客の往来はあった。

誰にもみられることなく、黒装束に身をかためた一群が通りをすすむ。少なくとも、この深川では、まずありえないこととおもえた。

考えられることは、舟に乗り込んで、深川を細かく区切った川筋をすすみ、秩父屋近くの岸辺に漕ぎつけるという手口であった。

秩父屋のある茂森町は、木置場の一角に位置している。一味が押し込んだ刻限には、通りには、まず人の姿はなかったはずである。

舟のなかで黒装束に着替えることは、そうむずかしいことではない。長脇差や刀などを舟に積み込んでも、目立つことはないのだ。

(舟を使って秩父屋の近くまでいったのだ)

との強いおもいが、錬蔵のなかにあった。

小名木川沿いから仙台堀、十五間川から貯木池のまわり、と歩きつづけることで、錬蔵は、高町の文五郎一味は川筋をすすんだ、との確信を次第に固めていった。

歩きながら錬蔵は、自由に舟を手配できるのは誰か、と考えつづけた。

まず、漁師、網元ということは考えられない。漁《いさ》り舟が深更、深川の町中を流れる堀川に入ってくることは、めったにない。漁り舟が航行していたら、かえって目立つことになるのだ。

江戸湾沖に停泊する檜垣《ひがき》廻船などの千石船、五百石船と港を行き来して荷物を運ぶ艀《はしけ》を多数、所有する艀宿、舟による運送を生業とし、船荷の世話や船乗りのための旅籠の役割もはたす荷船宿、遊舟や魚釣舟を仕立てる川舟宿ともいわれる船宿。艀宿、荷船宿、船宿のいずれもが、盗人一味が押込みに使う舟を手配りしても、おかしくない気がした。

「船宿か」

無意識のうちに口にした錬蔵の一言を安次郎が聞き咎めた。

「船宿がどうしたんで」

「安次郎、深川に船宿は何軒ほどあるだろう」

「数えたことはありませんが、二十軒はくだらないかと」

首をひねって、安次郎はつづけた。

「いや、それ以上、あるかもしれねえな。潰れたり、新しく出来たりした船宿もありますからね」

「それらの船宿の人の出入りを、半月ほど前にさかのぼって調べる必要があるとおもってな」

「深川の船宿のなかに、盗人一味の盗人宿があるかもしれない。そういうことですかい」

「人目に触れることなく秩父屋に押し込む。舟を使わないかぎり、できないことだ」

「たしかに」

「同心たちと前原を、明朝、用部屋に集めて手筈《てはず》をきめるとしよう。船宿の近所に聞き込みをかけ、胡乱《うろん》な男たちが多数、出入りしていたかどうか、調べ上げる」

「わかりやした。鞘番所に帰ったら、すぐ松倉さんたちにつたえます」

「そうしてくれ」

川縁をふたりは歩きつづけた。暮六つ（午後六時）の時鐘が鳴り終わったのをきっかけに、錬蔵と安次郎は深川大番屋へ足を向けた。


その夜の深更、八つ（午前二時）になろうという頃……。

松月楼にけたたましい女の悲鳴が響き渡った。

悲鳴は裏庭の方から聞こえた。

裏へ向かった男衆の眼に、長屋から走り出てきた寝衣姿の仲居が飛び込んできた。

黒の盗人被りに黒装束の男たちが仲居の背後に迫っていた。振りかざした長脇差を仲居に向かって振りおろす。背中を斬り裂かれたか、仲居が絶叫とともにのけぞった。

住み込みの長屋から黒装束たちが続々と走り出てきた。二十数人はいる、とおもえた。なかに強盗頭巾を被った浪人風の姿もある。それぞれが抜き身の大刀、長脇差を手にしていた。

あらかじめ備えがしてあったのか、あちこちの物陰から男衆たちが湧くように現れ、黒装束たちの行手に立ち塞がった。

男衆たちが長脇差を抜き連れる。

それがきっかけとなった。

男衆と黒装束たちが一気に間合いを詰め、斬り結んだ。

仲居の絶叫につづく鋼《はがね》をぶつけあう剣戟《けんげき》の響きに、松月楼のなかは、混乱に陥《おちい》りかけていた。赤い長襦袢をひっかけただけの、しどけない姿で様子見に座敷から出てくる遊女も何人かみうけられた。その後ろから寝衣姿で顔をのぞかせる客たちもいる。

廊下を小走りにやってきた男衆が、浮き足立つ客や遊女に声高に触れてまわった。

「心配はいりませぬ。騒ぎはまもなく静まります。松月楼は万全の備えを固めております。座敷から出ないで下さいませ」

男衆が声を張りあげながら、廊下づたいに見廻りをつづけていく。

興味半分、座敷から出ようとした男を、遊女が抱きついて引きもどした。

そんな光景が、松月楼のあちこちで繰り広げられた。


同じ頃、門番が、錬蔵の住まいの表戸を叩きながら、大声で呼びかけていた。

「御支配、大変でございます。先ほど、土橋の松月楼に盗人の一味が押し入りました。下男が急を知らせに馳せ参じております。御支配、松月楼に盗人が押し入りました」

さらに門番が戸を叩こうとしたとき、内側から表戸が開いた。

「松月楼の下男はどうした」

問いかけた錬蔵に門番が、

「急ぎ行かねばならぬところがあると、用件を告げたら、いそいそと引き上げていきました」

「下男の年頃は」

「白髪まじりの五十半ばすぎとみえる、実直そうな老爺でしたが」

傍らに控えていた安次郎が口をはさんだ。

「作兵衛だ。旦那、知らせに来たのは作兵衛ですぜ」

「松月楼にすぐ駆けつける。安次郎、支度にかかれ。前原に急を知らせろ」

門番に顔を向けて、錬蔵は告げた。

「出役する。松倉たちに門番所の前に集まれ、とつたえろ」

「承知しました」

門番が、松倉と小幡が住まう長屋へ向かって走った。


土橋の松月楼へ向かって、錬蔵を先頭に、前原伝吉、小幡欣作、溝口半四郎、八木周助、松倉孫兵衛、しんがりをつとめる安次郎が走っていく。

松月楼の間近に迫ったとき、錬蔵が走りながら声をかけた。

「裏口から斬り込む。刀の鯉口《こいぐち》を切れ」

走りながら錬蔵が鯉口を切った。前原が、溝口が、つづく者たちが、それにならった。安次郎も長脇差の鯉口に手を当てた。

松月楼の裏口の前に、一同は立った。

なかから鋼《はがね》をぶつけあう音が響いている。

「突入する。抜刀せよ」

下知した鍊蔵が大刀を引き抜いた。一同が刀を抜き連れる。

「先陣を」

裏口の前に立った溝口が、いきなり戸を蹴った。

派手な音を立てて、戸が開いた。

溝口を先駆けに、鍊蔵たちが松月楼に飛びこんだ。

裏庭から見世へ通じる一角で黒装束の盗人一味と横一線にならんだ男衆たちが斬り合っている。盗人一味は二十数人はいるとおもえた。対する男衆は、人数では盗人一味を圧していた。

昨日、鍊蔵は、猪之吉の勘働きを信じ、盗人の押込みに備えて男衆の数を増やすよう藤右衛門に相談しろ、と多三郎に進言した。そのことばを、多三郎が聞き入れてくれたのだ。

男衆にまじって多三郎が長脇差を手に怒鳴っていた。

「一歩も引くな。躰を張って防ぐんだ」

男衆と黒装束たちは、たがいに譲らず斬り合っている。なかでも、ひとり、強盗頭巾で顔を隠し、袴を身につけた浪人風の業前が際だっていた。尾田三九郎に違いなかった。

向かって来る男衆を袈裟懸けに、一刀のもとに斬り倒した三九郎の周りには、すでに数人の男衆が倒れていた。いずれも袈裟懸けに斬られている。目線を流すと、黒装束も数人、地に伏している。

「深川大番屋の大滝錬蔵である。盗人ども、神妙にせい」

よばわった錬蔵が一歩前にすすんだのを合図がわりに、溝口が黒装束に向かって斬り込んだ。向き直ったひとりを斬り倒す。朱に染まって黒装束が地に伏した。

男衆を斬り捨てた尾田三九郎が錬蔵に向かって走り寄るのと、

「これまでだ。引き上げろ」

と頭格の黒装束が吠えるのが同時だった。

その下知に黒装束たちが一斉に裏口へ走った。

その行く手に小幡、前原、安次郎が立ち塞がる。錬蔵に迫った三九郎が身を翻《ひるがえ》し、小幡たちに斬りかかった。

その切っ先が鋭い。

身を躱《かわ》した小幡から安次郎、前原へと、三九郎が斬りかかった。その切っ先から安次郎と前原がかろうじて逃れた隙に、黒装束たちが裏口へと走った。

相次いで裏口から逃げ去っていく。

尾田三九郎に溝口が上段からの一撃をくわえた。その刀を、三九郎が下段から跳ね上げた。その一撃の強さに溝口の躰がのけぞった。隙だらけとなった腹を、三九郎の横薙ぎの一振りが襲った。迅速な太刀捌きだった。

その刃が溝口の腹を断ち割った。

誰もが、そうおもった瞬間……。

尾田三九郎の刃を受け止めた大刀があった。

受け止めただけではない。

一瞬後には、三九郎の刃を押しもどしていた。

押しもどされた刃の動きにつられて三九郎が後退った。力比べの鍔《つば》迫り合いをすることなく、ぶつけあった大刀の勢いに逆らわずに、すんなり刀を引いた三九郎の業前は、見事なものといえた。

油断なく身構えたまま三九郎が、そのまま数歩下がった。

「鉄心夢想流、さすがだ」

「鏡智神明流、先夜以来だな」

正眼に構えて錬蔵が迫った。

すでに黒装束たちの姿は消えていた。周囲に眼を走らせた三九郎が、

「どうやら、しんがりを務める、おれの役目は果たしたようだ」

ゆっくりと後退りしながら告げた。

じりっじりっ、と錬蔵が迫った。溝口、前原、安次郎らも錬蔵にならった。

開け放しになった裏口の前で、足を止めた尾田三九郎が、

「さらば、だ」

いうなり、一気に後退って表へ出、くるりと背中を向けた。

走り去る。

「逃がすか」

吠えた溝口が追おうとしたのを、

「待て」

と、制した錬蔵が、顔を向けることなく、

「安次郎は前原とともに、溝口は小幡とともに二手に分かれて川沿いを探れ。奴らは舟で逃げ去るはず。後を追え。深追いはするな。押し込むのに舟を使った、とわかればよいのだ」

うなずいた安次郎と前原、溝口と小幡が裏口に向かって走った。

振り返った錬蔵が、

「松倉と八木は、多三郎とともに、この場の処理にあたれ。溝口が斬った黒装束に息があれば、傷の手当をしろ。生き延びたら、取り調べて口を割らせることができるかもしれぬ」

歩み寄った多三郎が錬蔵に声をかけた。

「おかげで、泊まりのお客さま方に怪我をさせずにすみました。お宝も、びた一文、奪われておりませぬ。呆れ返るほど間抜けな盗人で、まっすぐ見世に押し入ろうとせず、なぜか長屋に押し込み、荒らしまわっていた様子。盗み以外に目的があったのかもしれぬと、そんな気がしたりして。馬鹿な思案でございますが」

「多三郎の読み、当たらずといえども遠からずかもしれぬぞ」

「それは、どういうことで」

問うた多三郎に意味ありげな笑みで応えた錬蔵が、

「男衆が数人ほど斬られたようだが」

「仲居と下男を含めて九人ほど斬られました。傷の手当でも、とおもい、あらためましたら、いずれも息絶えておりました」

「九人も、か」

「それにしても、松月楼が盗人に押し込まれた、とよくわかりましたな」

訝《いぶか》しげな顔つきとなった錬蔵が、

「知らせを寄越したのではないのか」

「知らせ？　盗人が押し込んだことを、誰か鞘番所へ知らせにいったのですか」

「来た。門番が話をしている。知らせに来た者の年の頃から、おれは作兵衛だとおもったのだが」

「作兵衛が」

　ことばをきった多三郎が、男衆を振り向いて目線を流し、つづけた。

「そういえば作兵衛の姿がみえませんな」

「急ぎ行かねばならぬところがある、と門番にいって立ち去った、というので、てっきり松月楼にもどってきているとおもったが」

「作兵衛は、どこかに隠れて、騒ぎが鎮まるのを待っているのかもしれませんな。年寄りのこと、戦いではかえって足手まとい。いない方がよかったようなもので。そのうち、姿を現すでしょう」

「おれたちが駆けつけたは、盗人一味が押し込んでから、何時ほど過ぎてからだ」

　問うた錬蔵に多三郎が応えた。

「小半刻以上、半刻（一時間）にはまだ間のある頃合いかと。よく持ちこたえたもので。もっとも盗人一味め、まず長屋へ押し込み、住み込みの者たちを殺した後、見世の方へすすんできましたので、その分、斬り合う間が短くなって、助かりました」

「小半刻以上、半刻にはまだ間のある頃合い、となし」

頭のなかで錬蔵は算盤《そろばん》をはじいた。作兵衛から知らせを受け、出役の支度をととのえ、走ってきた。深川大番屋から松月楼まで駆けつけるのにかかった時間が小半刻近く。盗人一味が押し込んだのに気づいた作兵衛が大番屋へ駆けつけるのに要した時が少なすぎる、と錬蔵は推断した。

考えられることはただひとつ。作兵衛は盗人一味の押込みを予期して、松月楼近くのどこかで見張っていたに違いないのだ。

黙り込んだ錬蔵に、多三郎が問うた。

「作兵衛に何か不都合がありましたか」

「いや、何でもない。作兵衛が現れたら、おれが話を聞きたい、といっていた、とつたえてくれ」

「必ず作兵衛につたえます」

浅く腰を屈めて多三郎が応えた。

引き上げた盗人一味をつけていった溝口と小幡は、ほどなく松月楼に引き上げてきた。松月楼を出て左手の馬場通り方面へ向かった溝口たちは、盗人一味の姿さえ見つけることができなかった、と錬蔵に復申した。松月楼を出て右手に行くと十五間川に突き当たる。川沿いに向かったのは安次郎と前原だった。ふたりは、なかなかもどってこなかった。

五

小半刻ほどして前原が、少し遅れて安次郎がもどってきた。

ふたりの復申は錬蔵の読みに、ぴたり、とはまった。

盗人一味は、十五間川は富岡八幡宮と永代寺門前東仲町の間にある永木堀《ながきぼり》に数艘の舟を舫《もや》っていた。一味は、それらの舟に分乗して、貯木池の方へ漕ぎ去っていった。

永木堀は松月楼とは目と鼻の先にある堀川である。盗人一味が、舟を永木堀に接岸していたことは、まさしく、大胆不敵な動き、といえた。

ふたりは、盗人一味を、永木堀から十五間川に出るところで見つけ出した。

尾行を気づかれるわけにはいかなかった。夜の闇のなかでも、ふたりは町家の軒下沿いに盗人一味が乗った船団をつけつづけた。

が、船団が永居橋をくぐって、あちこちに木置場が黒い影を浮かす貯木池に入っていくと、ふたりはつける手段を失った。木置場へ渡る橋がなかった。

二手に分かれるしかなかった。前原は二十間川へ向かってすすみ亀久橋を渡った。

安次郎は汐見橋から入船町へ出、入船橋を渡る道筋をたどった。

が、川筋をすすむ船団を陸から追うのは、端《はな》から無理な話だった。

結句、ふたりは盗人一味の分乗した船団を見失ってしまった。

「申し訳ありませぬ」

深々と頭を下げ、前原が詫びた。錬蔵は、

「ご苦労」

と短く応えただけだった。

「面目ねえ。何せ相手は水の上だ。陸の上なら何とかなるが、どうにもこうにも尾行のしようがねえ」

首を捻って安次郎が頭を下げた。

「そうか。やっぱり水の上だったか」

一言だけいって錬蔵が、傍らに控える松倉ら一同を見渡し、

「今朝五つに、おれの用部屋へ集まってくれ。探索の手立てについて話がある。引き上げる」

無言で一同がうなずいた。

「手分けして、深川中の船宿の周辺に聞き込みをかけるのだ。この半月の間に、いつも以上に人の出入りの多かった船宿を見つけ出し、どんな類の者たちが出入りしていたか、調べ上げろ」

その日の朝、用部屋に集まった同心たち、前原、安次郎に目線を流して、錬蔵が下知した。

一同が眦《まなじり》を決して、顎を引いた。

同心たちと前原が引き上げていった後、安次郎ひとりが用部屋に残った。安次郎は、ともに船宿の聞き込みに出かける錬蔵が、名主からの届出書にたいして、急ぎつくらねばならない指図書を書いている間、待っているのだった。

指図書を書き上げた錬蔵が立ち上がり、刀架にかけた大刀に手をのばしたとき、小走りにやってくる足音が聞こえた。その足音が、戸襖の前で止まった。

「旦那、入るよ」

声がかかると同時に、戸襖が開いた。

「旦那、藤右衛門親方が、大変だよ」

入れ、ともいわれないのに、いきなり用部屋に飛び込んできて、お紋が声を高めた。血相が変わっている。

「藤右衛門が」

「藤右衛門親方が何をしたというんでえ」

ほとんど同時に、錬蔵と安次郎が問いかけた。

「藤右衛門親方のところの男衆が、いきなり長屋にやってきて、働きに出ようとしていた清吉さんを強引に河水楼に連れて行ったというんだよ。朝御飯をつくりにいってた小笹ちゃんが、泣きながらあたしんちに駆け込んできて、とりあえず今日、働きに出ることになっていた親方のところには、急病で行けなくなった、と嘘をついてことわってきたけど、どういうことか、さっぱりわからない、どうしたらいいんだろう、というんで」

一気にまくしたてたお紋に安次郎が、

「それで大滝の旦那のところに駆け込んできたっていうのかい。いいか、お紋。落ち着いて話しな。なんで、男衆は清吉を連れていったんだ。藤右衛門親方が、意味もなく理不尽な真似をするはずはねえんだよ。それによ、お紋。行儀が悪すぎるぜ、つっ立ったままでしゃべくるなんて。まずは、坐りな。話はそれからだ」

と畳を拳で叩いた。

「そうだね。たしかに、そうだ」

腰を下ろして、お紋がことばを重ねた。

「男衆がいうことには、昨夜から、作兵衛が姿を晦《くら》ました。その夜、盗人が押し込んだ。さいわい、押込みがあるかもしれないと旦那が仰有《おっしゃ》ったとかで、万が一に備えて男衆を四十人ほど松月楼に待機させた。そのおかげで、お客さまにも迷惑がかからず、取られたものも何ひとつなかったが、男衆と住み込みの仲居、下男が九人も殺された。不都合があるから作兵衛は帰ってこないのだ。押し入った盗人一味と、必ずかかわりがあるに違いない。この落とし前をつけないわけにはいかない。作兵衛が親しくしていたのは誰だ、ということになり、清吉さんの名が出てきた。激怒しておさまりそうにない藤右衛門親方が、清吉の野郎を、ひきずってでも連れてこい、折檻にかけても、作兵衛の行方を吐かせてみせる、とそりゃ大変な剣幕で怖いほどだ、と話してくれた男衆も怯えていた様子だった、と小笹ちゃんがいうんですよ」

口をはさむこともなく話を聞いていた錬蔵が、

「それはいかん。すぐ河水楼へ行こう。藤右衛門と話をせねばならぬ」

脇に置いた大刀に手をのばした。

「急ぎやしょう。噂に聞いたことがある。いまは穏やかだが、昔の藤右衛門親方は、短気で、荒事にかけちゃ並大抵じゃなかったそうで」

裾を払って安次郎が立ち上がった。


河水楼につくと大戸が下ろされていた。はじめてのことだった。大戸の前で錬蔵と安次郎、お紋がおもわず顔を見合わせた。

ただならぬことがなかで起きている、とたがいの眼と目が語りあっていた。

潜り戸を叩いて、安次郎が怒鳴った。

「大滝の旦那のお出ましだ。戸を開けてくんな」

なかから潜り戸が開いた。顔を出したのは多三郎だった。

「入らせてもらうぞ」

声をかけた錬蔵に多三郎が黙ってうなずいた。その顔が緊張にひきつっている。

中へ入ろうとして錬蔵が動きを止めた。振り返って声をかけた。

「お紋、おまえはここで引き上げてくれ。これから先は男の修羅場、女には見せたくないことも起こるかもしれぬ。わかるな」

「旦那」

息を呑んだお紋が錬蔵をじっと見つめた。

「長屋で待っていてくれ。清吉をつれて行く」

「わかりました。長屋で待ってます」

目を錬蔵の顔に注いだまま、お紋が応えた。

「ならば、行け」

有無をいわせぬ錬蔵の物言いに、うなずいたお紋が悄然と踵を返した。

立ち去るお紋を見送り、一歩、足を踏み入れた錬蔵の眼に、廊下に仁王立ちした藤右衛門の姿が飛びこんできた。いつもの藤右衛門の顔つきではなかった。凄みのある眼で錬蔵を見つめている。錬蔵につづいて安次郎が入ってくると、多三郎が潜り戸をしめた。

ぐるりを錬蔵が見渡した。男衆が、土間の四方に居流れている。錬蔵と目が合った政吉と富造が、ばつが悪そうにうつむいた。それぞれ腰に長脇差を帯びている。まさしく喧嘩支度だった。

「藤右衛門、これはどうしたことだ」

「大滝さま、今度ばかりは、河水の藤右衛門、勝手をさせてもらいますぜ。お客さまがお泊まりになっている松月楼に盗人一味が押し込んだ。が、盗人にみせかけてはいるが、動きからみて盗みだけが目的ではないような気がする。まっすぐに長屋へ押し入って仲居たちを血祭りに上げたのが、その証拠だ。松月楼はわたしがやっている見世。このまま、ほうっておいては、わたしの面子が立たない。どこの馬の骨かわからぬ小悪党風情に舐められっぱなしで、すますわけにはいきませんのさ」

「藤右衛門」

「大滝さま、このまま何もいわずに引き上げておくんなさい。河水の藤右衛門、一歩もひきませんぜ」

鋭く見据えた藤右衛門を、無言で錬蔵が見返した。

睨み合ったまま、錬蔵と藤右衛門は、身じろぎひとつしなかった。

その場を、一触即発の、凄まじいまでの急迫が支配している。

六章　陰徳陽報《いんとくようほう》

一

「引き上げるわけには、いかぬ」

言い放った錬蔵を、藤右衛門が凝然と睨み据えた。

そこにいる者のみんなが、おもわず息を呑むほどの、険しさが剝《む》き出された藤右衛門の眼光だった。獲物を前にした猛禽《もうきん》の眼に似ていた。

「引き上げて、いただきましょう」

低いが藤右衛門の音骨に、聞く者を威圧する凄みが籠もっていた。

じっと錬蔵が藤右衛門を見つめた。

「引くわけには、いかぬ。おれは、深川に住み暮らす者たちの安穏を守る務めについている。このことは、深川の賑わいを守ることにも通じる。土地《ところ》の繁栄が失われるとき、住み暮らす者たちの暮らしは、貧困を極めることになる。貧しい暮らしに安穏はない。少なくとも、おれは、そうおもう」

「わたしが男衆を引き連れて小悪党一味の探索を始めたら、深川には安穏がなくなる。そういうことですかい」

問うた口調は穏やかだが、錬蔵に注がれる藤右衛門の眼光は凄みを増していた。

その目線をしかと錬蔵は受け止めていた。

「そうだ。深川は怖いところだ。茶屋の主人が、気に入らぬことがあると多数の男衆を引き連れて町中に繰り出し、ところかまわず人あらためをやらかす。酒に酔って、馬鹿げた騒ぎを起こそうものなら、袋叩きにあった上、簀巻《すま》きにもされかねない。そんな噂が、江戸中に流れたらどうなる。岡場所には、人が集まらなくなるのではないか」

黙然と、藤右衛門は錬蔵を見据えている。その眼が話のつづきを促していた。錬蔵がことばを重ねた。

「藤右衛門に聞きたい。深川は怖いところ、との噂が立ったら、深川はどうなる。そのこと、こたえてほしい」

つねづね藤右衛門は、

「深川は安全なところ、と遊びに来てくださるお客さまたちにおもっていただくことが、なによりも大事でございます。わが身が危うくなるような遊所には、誰も遊びにいきませぬ」

と言いつづけている。

痛いところをつかれた藤右衛門は、ただ黙り込むしかなかった。

すかさず錬蔵が声をかけた。

「十日。十日の間、ここにいる男衆をおれに貸してくれ」

「十日の間に、一件が落着しなかったら」

問うた藤右衛門に錬蔵が、

「そのときは、藤右衛門の勝手にするがよい。どのような無法を尽くしても、おれは見て見ぬふりをする。おれは、深川が好きだ。藤右衛門も、おれ以上に深川を大事におもっているはず。そんな藤右衛門がやること、土地《ところ》のためにならぬはずがない」

無言で藤右衛門が錬蔵を見つめた。

重苦しい沈黙が、その場を覆った。

口を開いたのは、多三郎だった。

「親方、大滝さまの申し出を受けてくださいまし。松月楼に男衆を手配するよう助言してくだすったのは大滝さまでございます。泊まられたお客さま方を、傷ひとつ負わせることなく守り通せたのは、大滝さまの御陰ともいうべきこと。多三郎、大滝さまには借りがあります」

ありがたい多三郎の一言だった。錬蔵は、ちらり、と多三郎を見やった。

じっと多三郎を見据えた藤右衛門が、

「そうだったな、大滝さまには、借りがあったな」

誰に聞かせるともなく、つぶやいた。

眼を錬蔵に向けて、藤右衛門がいった。

「配下の多三郎の借りは、藤右衛門の借りも同然。借りは返さねばなりませぬ。大滝さまの申し入れ、受けましょう。多三郎には松月楼を差配する、という務めがあります。他の男衆は自由にお使いください」

「ありがたく使わせてもらう」

応えた錬蔵が、藤右衛門を見つめた。

「もうひとつ、聞いてもらわねばならぬことがある」

「何でございましょう」

「清吉を、渡してもらいたい。もはや藤右衛門には無用の男のはず」

「作兵衛の行方を聞きだそうとして、手酷い目にあわせました。そのこと、お目こぼしいただくのなら、すぐにでも」

「よかろう。見猿聞か猿言わ猿の三猿を決め込むことにする。清吉は、どこにいる」

「遊女たちの折檻《せっかん》部屋に」

「折檻部屋だな。通らせてもらうぞ」

行きかけた錬蔵に藤右衛門が声をかけた。

「お待ちください。清吉は、男衆に連れてこさせましょう。政吉、富造。清吉を連れてこい」

「わかりやした」

異口同音に応えた政吉と富造が踵《きびす》を返した。奥との仕切りの暖簾をかき分けて、ふたりが土間を歩き去っていく。

待つことしばし……。

政吉と富造にはさまれて、清吉が左足を引きずるようにして歩いてくる。顔が腫《は》れ上がっていた。顔のあちこちに赤黒い痣《あざ》ができている。

「清吉、大変だったな」

声をかけた錬蔵に、

「大滝さま、ありがとうございます」

深々と清吉が頭を下げた。

「おれが長屋まで送っていく」

眼を藤右衛門にもどした錬蔵が、

「藤右衛門、引き上げていいな」

「十日後を楽しみにしております」

穏やかな物言いだったが藤右衛門の声音には厳しいものがあった。

「男衆を自由に使わせてもらうぞ」

「約束したこと、おもうがままにお使いください」

うむ、とうなずいた錬蔵が、

「安次郎、行くぞ。清吉に肩を貸してやれ」

「わかりやした。清吉さん」

歩み寄った安次郎が清吉の腕をとり、肩にかけさせた。

「すみません。面倒かけて」

申し訳なさそうにいい、清吉が安次郎に小さく頭をさげた。

「いいってことよ。しっかりつかまりな」

「すみません」

再び清吉が頭を下げた。

にやり、とした安次郎が、

「行くぜ」

無言で清吉がうなずいた。

先に立って錬蔵が歩きだした。清吉と安次郎がつづいた。

潜り口から錬蔵たちが出ていったのを見届けた藤右衛門が、険しい顔つきにもどって告げた。

「政吉、富造、大滝さまの後をつけるんだ。清吉の長屋についたら、そのまま清吉を張り込め。作兵衛がやってくるかもしれぬ。ふたりだけで張り込みをつづけるわけにもいくまい。交代の者を多三郎と相談して決め、長屋へ行かせる。わかったな」

「わかりやした」

「そうしやす」

小さく頭を下げて、政吉と富造が応えた。

「大滝さまにまかせる、といっても、事の成り行きは気になる。大滝さままかせでなく、わしはわしで、それなりの探索をするべきだろう。長脇差は置いてゆけ。尾行に長脇差は無用だ。行け」

帯から抜いた長脇差を傍らの男衆に渡した政吉と富造が、

「それじゃ、親方」

「行ってきやす」

応えて政吉たちが背中を向けた。

うむ、とうなずいて、藤右衛門が潜り口から出て行くふたりを見やった。

男衆のひとりが潜り戸を閉めた。

一同を見渡して藤右衛門が、

「喧嘩支度は解け。河水楼の者は大戸を開け、見世を開く支度にとりかかるんだ」

一同が無言で顎を引いた。


長屋へ向かって歩きながら、錬蔵が安次郎に声をかけた。

「つけられている」

「つけられている？」

鸚鵡《おうむ》返しした安次郎が振り返ろうとするのを錬蔵が、

「振り向くな。気づかぬ風を装って、歩きつづけるのだ」

「わかりやした。で、どこで尾行に気づかれたんで」

「河水楼からだ」

「河水楼ですって。それじゃ藤右衛門親方の指図ですか」

「多分な」

おもわず息を呑んだ安次郎が、

「どうなってるんだ、いったい。藤右衛門親方らしくねえやり口だ。大丈夫ですかい」

「大丈夫とは？」

「藤右衛門親方と、しっくり行かなくなったら、何やら面倒なことになりませんかね」

「わからぬ」

「わからぬ、なんて、しょうがねえなあ」

大きく舌を鳴らして安次郎がつづけた。

「いいんですかい、藤右衛門親方を敵に回して」

「仕方ないではないか。敵に回らないでくれ、と頼んでも藤右衛門の気持次第、すべて成り行きまかせだ。先回りして余計な心配をしても、しょせん相手のあること、どうにもならぬ」

「そうはいってもなあ」

渋い顔をして安次郎が頭をかいた。

「すみません。あっしのことで、こんなことになって」

蚊の鳴くような清吉の声だった。

「気にするな。おまえには、咎めるべきものは何ひとつない。とばっちりを受けただけだ、作兵衛のな」

応えた錬蔵に、おずおずと清吉が聞いてきた。

「作兵衛さんは、盗賊、高町の文五郎なのでございましょうか。河水楼のご主人が、まず間違いない、と仰有《おっしゃ》ってましたが」

「わからぬ、としかいまはいえぬ。わかっていても、御用の筋のこと、告げることはできぬ」

「申し訳ありません。余計なことをお聞きしました」

声を落とした清吉に、

「つけてくる者たちが清吉や子供たちに危害を加えることはあるまい。長屋を見張りつづけるかもしれぬが、かえって好都合というもの。用心のため大番屋の手の者を手配せねばならぬかとおもうたが、その必要もなくなった」

笑みをたたえて錬蔵がつづけた、

「長屋は間近い。小笹とお紋が心配して待っているはず。痣だらけの顔でそうもいくまいが、少しでも元気な姿を見せてやらぬとな」

「そうします。ほれ、この通り」

肩にかけていない方の腕を動かしてみせた清吉が、

「痛っ」

と呻いて、顔をしかめた。

「ほれ、みたことか。無理しちゃいけねえよ。できるだけ明るい顔をして、弱った素振りをみせない。それだけを心掛けりゃいいのさ」

肩にかけた清吉の腕の位置をなおしながら、安次郎が声をかけた。

「安次郎のいうとおりだ。無理はするな」

目線を清吉に移した錬蔵がことばを添えた。

「ひとりで歩いていきます」

長屋の露地木戸が見えたとき、清吉が安次郎の肩から自分の腕をはずした。ゆっくりと左右の腕をまわして微笑んだ。

「大丈夫です。もう痛みはありません」

「ほんとに、大丈夫かい。後で痛いなんていっても知らないぜ」

揶揄《やゆ》した口調で安次郎が声を上げた。

ふたりのやりとりを、錬蔵が笑みを浮かべて見やっている。


「よかった。無事に帰ってこれて、ほんとによかった」

「なんだい、その顔は、痣だらけじゃないか」

表戸を開けて入ってきた清吉を見るなり、小笹とお紋が、同時に声を上げた。

つづいて足を踏み入れた錬蔵と安次郎に、お紋が声を荒らげた。

「藤右衛門親方がやったのかい。どうかしてるよ、ほんとに。清吉さんが、いったい何をやらかしたっていうのかい」

癇《かん》に障《さわ》ったのか、顔をしかめて安次郎が応じた。

「お紋、顔を見るなり、ぽんぽん、がなり立てるってのは、よくない了見だぜ。旦那が、藤右衛門親方と、どんなやりとりをして清吉を引き取ってきなすったか、わかってるのかい。下手すりゃ、旦那と藤右衛門親方は、仲違《たが》いしちまうかもしれねえぜ」

「旦那と藤右衛門親方が。旦那、ほんとかい。そんなことないよね。あんなに仲がよかったんだ。仲違いなんか、ないよね」

困惑を露わにお紋が錬蔵に問いかけた。

「気にかけても仕方のないこと。藤右衛門の怒りも、そのうちおさまるだろう」

応えた錬蔵のことばも終わらぬうちに、安次郎が口をはさんだ。

「藤右衛門親方が怒るのも無理はないのさ。何せ松月楼に押し込んだ一味に、住み込みの仲居、下男、男衆たち、合わせて九人も殺されたんだからな。小悪党に舐められてたまるか、と藤右衛門親方、そりゃあ大変な剣幕だったぜ」

「そうだったね、九人も、殺されたんだよね」

ことばを切って、お紋が黙り込んだ。

ややあって、独り言のようにつぶやいた。

「藤右衛門親方が怒るのも、無理はないね」

話しているお紋のかたわらを擦り抜けるようにして、伊作とお光が土間に下りて台所へ走った。水瓶から桶に水を汲む。水を満たした桶をふたりで持って、清吉の傷の手当をしている小笹のところへ運んでいった。腫れたところを水で濡らした手拭いで冷やすのだろう。

万七、勇太、仲吉が心配した様子で清吉のそばに坐っている。

清吉が欠けたら、子供たちに、この暮らしはなくなるのだ。見やった錬蔵の胸中

に、

（この暮らしを守ってやりたい）

との強いおもいが湧き上がった。

そのおもいは、作兵衛のことにうつっていった。

端《はな》から作兵衛は姿を晦《くら》ます気でいた、と錬蔵は見立てている。それなのになぜ、松月楼に悪党一味が押し込んだことを大番屋に知らせにきたのか、錬蔵はその理由を胸中で探った。

知らせに来ることで、自分が押し込んだ一味とはかかわりないことを錬蔵につたえたかったのかもしれない。錬蔵は、作兵衛が一味が松月楼に押し込むのを見届けてから大番屋まで駆けつける時間が短すぎる気がしていた。

盗人一味が押し込むのを予期して、作兵衛が松月楼の外で見張っていたとしても、走ってきたら、もっと時間がかかるはずであった。

（舟か）

舟なら、永木堀近くから、小名木川沿いにある大番屋まで、さほどの時はかかるまい、と錬蔵は推量した。

誰が舟を作兵衛に使わせたか。作兵衛が舟を借りた、とは考えられなかった。船宿などで舟を手配したら、必ず船頭が舟に乗り込んでくる。秘密裡に行動するつもりでいる作兵衛が、秘密が洩れる恐れのある船頭つきの舟を借りるとはおもえなかった。

再び、錬蔵は清吉たちに眼を向けた。手当をする小笹の周りに坐った子供たちが、心配顔で清吉をじっと見つめている。血のつながりはないが、清吉、小笹と子供たちの間には、はっきりと家族の絆《きずな》がみてとれた。

この場から不安は去った。もう大丈夫。そう判断した錬蔵は安次郎に声をかけた。

「行くぞ」

「聞き込みですね」

うなずいた錬蔵が、お紋を見やった。

「お紋、何かあったら、すぐおれに知らせてくれ」

「端から、そのつもりだよ」

応えたお紋を微笑んで見やって、錬蔵は背を向けた。


表戸から出ると、露地木戸の左右に立って見張っていた政吉と富造が、あわてて町家のうしろに身を隠した。

あえて錬蔵は、気づかぬ風を装った。日頃、よく探索を手伝ってくれている政吉と富造である。近寄って声をかけたりしたら、ふたりに気まずいおもいをさせるだけだった。

振り向くことなく錬蔵は、つづく安次郎に声をかけた。

「政吉と富造が清吉を見張っている。気づかぬふりをしろ」

「心得ておりやす」

小さな声で安次郎が応えた。

二

爪弾く三味線の音色が、風に乗って流れてくる。

窓の下を流れる大島川の川面に落ちた、屋根船の箱型網行燈の灯りが、舳先のつくり出す波紋に幾重にも揺れながらすすんでいく。

船宿〈井筒〉の二階の、開け放した窓の敷居に肘をついて坐っていた雷神の銀八が、吹き込んできた夜風に、おもわず眼を細めた。冷気を含んだ川風が、よほど心地よかったのだろう。

が、銀八ののどかな顔とは裏腹に、その場には息苦しいまでの緊張が立ち籠めていた。

相変わらず尾田三九郎は柱に背をもたせかけていた。車坂の弥平は、肩をすぼめてうつむいている。銀八の前には、与吉がかしこまって坐っていた。

顔を与吉に向けて銀八が、

「待ち伏せを喰って、まるっきしの無駄働きになった松月楼に、もう一度、押し込んでやろうと与吉と豊松に松月楼を見張らせたのが、おもいもかけぬ拾い物を生んだようだな。与吉、話に狂いがあっちゃいけねえ。いつものように、もう一度、頭から話してくれねえか」

「引き上げた、とみせかけて、あっしと豊松が居残って、近くで松月楼で見張ってると、夜が白む頃、後始末を終えたのか、主人が数人の男衆を引き連れて出てきた。後をつけていくと河水楼へ入っていく。小半刻（三十分）ほどしたら、血相変えた男衆たちが四方へ散っていった。やがて、襟元によその見世の屋号が白抜きされた半纏《はんてん》を羽織った男衆が、ぞくぞくと集まってきた。数十人ほど集まったかとおもうと大戸がおろされた。半刻（一時間）ほどして、男衆が数人、どこかへ出ていったかとおもうと、半刻ほどして職人風の男を取り囲んで連れてきた。たしか男衆が、清吉、とその男のことを呼んでいたのを耳にしました」

ぽそり、と銀八が口をはさんだ。

「そう、清吉という名だったな。おれは、その名を忘れかけていたよ。清吉、か。清吉ね」

目線を弥平に流して銀八が聞いた。

「弥平、清吉という名に聞き覚えはねえかい」

上目づかいに弥平が応えた。

「まったく聞いたことのねえ名で。どうも、すみません」

こくり、と頭を下げた。

眼を与吉にもどした銀八が、

「一刻（二時間）もしないうちに鞘番所の大滝錬蔵が下っ引きひとりを連れて河水楼にやってきた。ほどなくして大滝と清吉に肩を貸した下っ引きが河水楼から出てきた。少し間をおいて男衆とみえる着流しの遊び人風のふたりが、河水楼から出てきて、大滝たちの後をつけた。与吉と豊松が、ふたりの遊び人風をつけていった。そういうことだな」

「その通りで。ふたりの遊び人風が大滝たちが入っていった清吉の住まいとみえる長屋を見張っている。あっしと豊松も遊び人風の見張りをつづけやした。そのうち日暮れになり『まずは、お頭に報告しよう』とやってきたわけで」

「どうやら、清吉とやらは、見張りつづけたほうがよさそうだな。与吉、下にいる角吉と相談して交代で見張る奴をふたり、手配してもらえ。そのふたりをつれて清吉の長屋へ行き、豊松と引き上げてこい。夜の見張りは、そいつらにまかせればいい。見張りを交代する刻限は、おまえたちで決めろ。いいな」

「わかりやした」

小さく頭を下げ、与吉が立ち上がった。


新大橋のたもとにある茶店の、店先に置かれていた縁台は奥に片づけられ、周りは葦簀《よしず》で囲われていた。立ちならんでいた天麩羅や寿司の屋台の数もまばらになり、群がる遊客たちの数も目立って減ってきている。

さしもの深川の賑わいにも、かげりがみえはじめてきた頃、新大橋のたもとの盛り場を、さながら見張っているかのように建つ深川大番屋の錬蔵の用部屋には、切迫した空気が立ちこめていた。

向き合って錬蔵と松倉ら同心たち、前原、いつものように戸襖のそばに安次郎が控えている。

一膝乗りだして溝口が問うた。

「明日から、船宿〈井筒〉をはじめ、数人一組の客が、この半月の間に何組か泊まり込んでいる船宿五軒を取り囲むように見張れ、とのお指図ですが、深川の町々の見廻りは、どうすればよろしいのですか。そのこと、御支配の存念のほど、お聞かせ願いたい」

「見廻りは、下っ引きたちにまかせればよい。それぞれの持ち場で異変が起きたときに、同心組が出張ればよいのだ」

応えた錬蔵に、さらに溝口が問いかけた。

「それでは、船宿の見張りが満足に果たせないのでは。小者たちを動員する、ということですか」

「河水の藤右衛門と話し合った。藤右衛門のところの男衆を四十人ほど借り受けるつもりでいる」

驚愕を露わに溝口はじめ一同が、顔を見合わせた。錬蔵がつづけた。

「男衆を手配することで、一応、人手は足りる。が、四十人を五軒の茶屋に振り分けるとして、ひとつの見世の見張りにそれぞれ八人、配することになる。大番屋からひとり、合わせて九人で一軒の船宿を見張るわけだ。昼夜、二交代で見張るとして、見張る人数の実数は四人から五人。張り込みの手勢としてはぎりぎりの人数だと、おれはおもう。くわえて捕物に慣れぬ者たち、みなの差配の仕方ひとつで、役に立たぬ、ただ頭数を揃えただけの烏合《うごう》の衆と化す恐れがある」

横から小幡が声を上げた。

「その心配はいりませぬ。共に動いてくれる男衆と、張り込む前に、じっくりと段取りを話し合えば、大きな手違いが生じるとはおもいませぬ。政吉や富造たち同様、茶屋の男衆は、見世で起きた揉め事を取り鎮めたり、足抜きした遊女たちの行く方を追うなど、探索といってもいい役目も果たしています。見張りにも慣れているはず。的確に指図する。そのことだけ心掛ければ、それほどのしくじりはありますまい」

「おれも、そうおもう」

「小幡のいうとおりだ。まず、そこから始めれば、間違いなかろう」

相次いで八木と松倉が同意を示した。

うむ、と首をひねって溝口が、

「四人が、ばらばらに違った指図をしては、何かとまずかろう。指図の中身次第では、男衆の間で、我々、同心の品定めがはじまる恐れがある。たとえば八木さんの指図は、手配洩れが多いとか。松倉さんの指図は曖昧《あいまい》でよくわからぬとか、あらぬ風評が男衆の口の端にのぼり、我らに対するあなどりを生むきっかけとなるかもしれぬぞ」

「たとえが悪いぞ、溝口」

不満げに八木が鼻をならした。

「曖昧、とは何だ」

不快を露わに松倉が吐き捨てた。

「怒ることはあるまい。それとも、心当たりがあるとでもいうのか」

揶揄した口調で溝口がいった。

「いや、それは」

「そんなことはない」

同時に八木と松倉が応じた。

三人のやりとりを眺めていた錬蔵が、

「溝口のいうとおりだ。あらかじめ同心の間で船宿の張り込みの、おおまかな手立てを決めておくべきだろう。そうすれば手伝う男衆も動きやすいはず。怪しげな船宿が見つかったときは、別の船宿から、その船宿に男衆を移して張り込ませる場合もあるかもしれぬ。そんな折りも、何かと指図しやすいというもの。すぐにも打ち合わせに入れ」

「見張る船宿の割り振りはいかがいたしましょう」

問うた溝口に錬蔵が告げた。

「前原には、いままでどおり賭場の見廻りをつづけさせる。船宿のひとつは、安次郎が見張る。溝口は、松倉たちと相談して、誰が、どの船宿を見張るか、割り振りを決めればよい。段取りが決まったら明朝にでも、おれにつたえてくれ」

「承知しました」

応えた溝口とともに松倉、八木、小幡が大きく顎を引いた。

顔を向けた錬蔵が、

「安次郎、これから河水楼へ出向く。藤右衛門にあい、男衆の手配を頼まねばならぬ」

「どこにでも、おともいたしやす」

いつになく硬い表情で安次郎が頭を下げた。

河水楼の表に掛けられた暖簾をかき分けて錬蔵と安次郎が見世に足を踏み入れたとき、藤右衛門は帳場に坐って帳面に見入っていた。

入ってきた錬蔵に気づいた男衆に声をかけられ、藤右衛門が顔を上げた。小さく頭を下げ、立ち上がって手を上げ、その手を奥の座敷へ向けた。帳場の奥の座敷に入れ、という意味なのだろう。

河水楼のなかには、まだ三味線の音や女たちの嬌声が響き渡っていた。かなりの繁盛ぶりである。

奥の座敷に入った錬蔵は藤右衛門と向き合って坐った。安次郎は錬蔵の斜め後ろに控えている。

口を開いたのは藤右衛門だった。

「何人ほど男衆が入り用ですかな」

「四十人ほど」

応えた錬蔵に藤右衛門が、

「四十人で足りますかな」

「揺さぶりをかけ、一味を炙《あぶ》り出すための人手、それで十分」

「いつまでに取り揃えればよろしいので」

「明朝五つ（午前八時）までに深川大番屋まで男衆を寄越してもらいたい」

「承知しました。明朝五つまでに男衆四十人、鞘番所へ行かせます。男衆を選び出すについては、すべて私にまかせていただきましょう」

「まかせよう」

凝然と藤右衛門が錬蔵を見据えた。

「大滝さま、待つのは十日の約定。守れそうですかな」

見つめ返して錬蔵が応えた。

「まだ、わからぬ。わずかの見込みも立っていない、というのが偽らざるところだ」

ふっ、と苦い笑いを浮かべた藤右衛門が、

「それは、困りましたな。藤右衛門、今度ばかりは引き下がりませぬ。松月楼で、九人殺されております。松月楼は、私の見世のひとつ。奉公人は、年季が明けるなど何らかの理由で縁が切れぬかぎり、我が子同然の者。押し込んだ悪党一味を何らかの形で始末せねば、深川の岡場所への、河水の藤右衛門の睨みがきかなくなる恐れがあります。少しでも弱ったところをみせると、隙《すき》あらば足をすくおうという輩《やから》が何人も現れます。結句、私がならぬ堪忍をしても、土地《ところ》のあちこちで勢力争いの小競り合いが始まるのはたしかでございます」

たしかに藤右衛門のいうとおりであった。藤右衛門が弱みを見せれば、藤右衛門を追い落として深川を牛耳《ぎゅうじ》ろうと画策する茶屋の主人が出てくるに違いなかった。その茶屋の主人が地《じ》のやくざの一家のどこかと手を組んで、勢力争いを仕掛け、藤右衛門にとってかわったら、深川がどうなるか。いま以上に無法が罷《まか》り通る町になるのはあきらかだった。

少なくとも藤右衛門は、やくざの一家とは深いかかわりを持っていなかった。やくざの親分たちとは、つかずはなれず、のかかわりを保つよう心掛けている。錬蔵は、藤右衛門の動きを、そうみていた。

十日の間に一件を落着できぬときは、どうする。何度も自分に問いかけてきた錬蔵であった。

いい思案は浮かばなかった。

(成り行きにまかせるしかあるまい)

そう腹をくくった錬蔵は、じっと藤右衛門を見つめた。

「深川の安穏を守る。それが、おれの務めだ」

「この地に、いま以上の無法をはびこらせるわけにはいきませぬ。ことに他所《よそ》から入ってきた無法者には、河水の藤右衛門、鬼にも蛇にもなる覚悟を決めております」

応えた藤右衛門の眼に、いままで見せたこともない、厳しい光が居座っている。

さすがに河水の藤右衛門だった。

三

「五つ（午前八時）までに深川大番屋へ男衆を寄越してもらいたい」

との錬蔵の望み通り、男衆四十人が大番屋の表門前に集まった。

門番から知らせを受けた錬蔵は、安次郎に命じて松倉ら同心たちに、急ぎ支度をととのえ、門番所前に集まるようにつたえさせた。

門番所前の庭に居並んだ男衆のなかに、政吉と富造の姿はなかった。錬蔵は、日頃から探索を手伝ってくれている政吉と富造を、藤右衛門が意図的にはずしたに相違ない、と推断した。

男衆を、それぞれ松倉、溝口、八木、小幡、安次郎の組にわけた錬蔵は、それぞれの組で探索の手立てについて打ち合わせるよう命じた。

見張りは昼と夜の二交代で行うことにしている。夜の張り番と決められた男衆は、いったん張り込む船宿へ出向いて場所を見極めた後、それぞれの住まいへ引き上げて夜五つ（午後八時）に、交代のため出かけてくることになった。

見張りにつく船宿へ出かける同心たちと安次郎、男衆を見送った錬蔵は用部屋へもどった。

賭場で聞き込んだ結果を、前原から復申してもらうことになっていた。賭場が開帳するのは、ほとんどの場合、夜である。探索を終えて、前原が長屋に帰ってくるのは深更九つ（午前零時）過ぎであった。

長屋には、前原のふたりの子と母親代わりのお俊《しゆん》が一緒に暮らしている。七歳になる姉の佐知《さち》はともかく、弟の俊作《しゆんさく》は五歳のいたずら盛りであった。朝寝坊したくとも、俊作が元気いっぱいに枕元を走り回り、

「つねに寝不足といった有り様で。幼い子が元気がいいのは喜ばしきこと、可愛さゆえに叱るに叱れず」

と前原が眠い眼をこすりながら錬蔵にぼやいたことがある。そのとき、錬蔵は前原に、

「ならば、おれの長屋で寝ればよい。昼間は誰もおらぬ」

といったのだが、

「留守宅に上がり込むのは、どうも」

といって、入り込んだ様子もない。時折、用部屋で錬蔵が届け出られた書付の始末

をしているときに、遠慮がちにやってきた前原が、

「しばし、長屋の座敷をお借りします。どうにも寝不足で」

と断りを入れて、何度か眠ったことがあるていどだった。

（生来、不器用な質《たち》なのだ）

前原が、である。が、錬蔵は、そんな前原の気性を好ましくおもっていた。

その前原が、背筋を伸ばして向き合って座っている。眼が赤く充血していた。昨夜は帰りが遅かったのだろう。

「賭場での聞き込み、何かつかめたか」

問いかけた錬蔵に前原が応えた。

「熊井町の中洲《なかす》一家の賭場に、ここ数日つづけて、顔を出している余所者がいます。やくざ者ともおもえないし、だからといって遊び人にもみえない、と顔馴染みの中洲一家の若い衆がいっておりました。勝負の合間に若い衆が、その男と世間話をしたらしく、その折り、名は与吉。いまは船宿〈井筒〉に泊まっている、と話したそうでして」

「船宿〈井筒〉に泊まっている、だと」

そこで、ことばを切って錬蔵は黙り込んだ。〈井筒〉は溝口半四郎とひきいる男衆

が張り込む船宿だった。近所を聞き込んだところ、いまは八人ほどだが、数日前まで二十人ほどの男たちが泊まり込んでいたことがわかっている。見張ると決めた五軒の船宿のなかで、最も客の動きが大きい見世だった。

「御支配、船宿〈井筒〉は張り込むと決めたところ。与吉のこと、探りを入れるべきかと」

「そうしてくれ。若い衆に与吉が、ほんとうのことを話しておらぬかもしれぬ。引き上げるところをつけて、井筒に入るのを見届けねばなるまい」

「さっそく今夜にでも」

小さく頭を下げた前原が、脇に置いた大刀を手に取った。

うむ、とわずかに首を傾げた錬蔵が、立ち上がった前原に声をかけた。

「待て」

「他にも何か」

坐りなおした前原に錬蔵が、

「お俊を動かそう」

「お俊を賭場に出入りさせるのですか」

一瞬、眉をひそめて、前原がつづけた。

「危険すぎるのではないですか。元は女掏摸《すり》でならしたとはいえ、いまは子供たちの世話に明け暮れる日々、修羅場での動きの勘も鈍っております」

「反対か」

「それは、しかし……」

「やるか、やらぬかはお俊の判断にまかせよう。前原、お俊を呼んできてくれ」

「承知しました」

目線を錬蔵からそらした前原が、大刀を手に立ち上がった。

小半刻後、用部屋には錬蔵、向き合う前原、戸襖のそばに控えるお俊の姿があった。

顔を向けて錬蔵が問いかけた。

「お俊、無理強いはせぬ。前原がいうとおり、危ない探索になるかもしれぬ」

「中洲一家の賭場へ行き、きっかけをつくって与吉とやらに近づき、聞き込みをする。それがあたしの役目ですね」

「そうだ」

応えた錬蔵から前原へと目線を移したお俊が、

「前原さんも一緒にいってくれるんだね」

「もちろんだ。おれが、お俊の用心棒をつとめる。片時も眼を離さぬ」

「なら、大丈夫だね」

微笑んだお俊が、錬蔵に目をもどした。

「お引き受けいたします」

「ありがたい。人手が足りぬゆえ、いつも、お俊に無理をさせることになってしまう。すまぬ、とおもっている」

小さく頭を下げた錬蔵にお俊が、

「旦那、水臭い真似はしないでくださいよ。あたしゃ、これでも、れっきとした深川鞘番所の女下っ引き、だとおもっていますのさ。旦那は御支配さまらしく、お俊、出番だ、存分に働いてくれ、と仰有るだけでいいんですよ。妙な気を使わないでくださいよ、ほんとに」

不満げにいい、お俊がそっぽを向いた。

「そうか。それでは、ことばに甘えさせてもらう。お俊、出番だ。存分に働いてくれ」

「それでいいんですよ」

破顔一笑したお俊が見やって、

「前原さん。賭場では前原さんひとりが頼りですからね。あたしから眼を離さないでくださいよ」

「承知した」

硬い顔つきで前原がうなずいた。

「表にふたり、裏手に三人。しかも、そのうちのひとりは着流し巻羽織の同心さまだ。お頭、あきらかに井筒は鞘番所の手の者に見張られてますぜ」

気色ばんだ角吉が話しかけた相手は、雷神の銀八だった。銀八は、いつものように窓障子を開け放した窓辺に坐っている。

振り向くことなく銀八が聞いた。

「張り込まれたのは、いつからだ」

「あっしが張り込みに気づいたのは、朝の四つ（午前十時）を少し過ぎた頃でした」

「井筒からうつっていった手下たちが泊まっている船宿も見張られているかどうか、たしかめに誰かを走らせろ。もし他の船宿も見張られていたら、鞘番所は、まだ、探索の目を絞り込んではいない、ということになる」

横から尾田三九郎が声を上げた。

「油断は禁物だ。いずれにしても、あまり時をかけるわけにはいくまい。でないと高町の文五郎の隠居金とやらを掠《かす》めとることができなくなるぞ」

柱に背をもたせかけた三九郎の傍らに坐っている車坂の弥平に眼を向けた銀八が、

「聞いての通りだ、弥平。高町の文五郎のことで何か、思い出したことはねえかい」

「それが、まだ何も」

「ほんとに役立たずだな。早く思い出すんだ。これ以上、どじは踏みたくねえんだよ。高町の文五郎が、なぜ深川に住みついたか。その理由を考えてみろ。何か、おもいつくかもしれねえ」

「そうしやす。もう少し、待っておくんなさい」

首をすくめた弥平が、おもわず溜息をついた。

「いっとくが、おれは高町の文五郎みてえな、やわな野郎とは違うぜ。弥平、てめえが持ちこんだ話だ。きっちりと落とし前をつけなきゃ、後々、面倒なことになるんじゃねえのかい」

吐き捨てて銀八が、そっぽを向いた。

目線を膝に落としたまま、弥平は黙り込んでいる。

「それにしても暑いな。巻羽織を脱ぎたくなったぜ」

かんかん照りの空を見上げた溝口が、手の甲で額に浮き出た汗を拭った。

そばで井筒の出入り口に眼を据えていた男衆が溝口に声をかけた。

「旦那、井筒から誰か出てきやしたぜ。たしか、あの野郎は」

「見知った顔か」

問いかけた溝口に男衆が、

「井筒の主人で、名は角吉だったとおもいやすが。上物の紗《しゃ》の羽織なんかまとって、よっぽど大事な相手でも訪ねるんですかね。主人とはいっても、日頃は船頭もやっている。日焼けした色黒の顔に、みるからに値の張りそうな羽織は似合わねえことおびただしいや」

横を向いて、ぺっと唾を吐き捨て、つづけた。

「どこへ行くか、つけましょうか」

うむ、と溝口が首をひねった。

「御支配からは、見張るだけでよいと命じられている。つけなくともいいだろう」

「わかりやした」

ちらり、と歩き去る角吉を見やった男衆が、再び井筒に眼を向けた。

佐賀町の船宿〈汐見《しおみ》〉を見張る小幡は、大川の土手に立つ柳の木の根元に腰を下ろしていた。傍らに男衆がいる。伴蔵《はんぞう》という三十半ばの、目つきの鋭い男だった。吊り上がった狐目と尖った鉤鼻《かぎばな》が、鋭い眼をことさらに際だたせている。が、話をしてみると、剣呑《けんのん》な顔つきとは裏腹に、さっぱりした気性の人懐っこい男だった。鞘番所の探索の手伝いをすることの多い政吉や富造とは、

「気の合う仲で、安酒を呑んでは愚痴をこぼしあっておりやす」

と、見張りにつくなり、小幡に話しかけてきた。

「実のところ、鞘番所の手伝いをしている政吉と富造がうらやましかったんで」

といい、それだけに、

「鞘番所の探索を手伝うよう命じられたときは、それこそ嬉しくて、天にも昇る気持でしたぜ。これからも政吉や富造と同じように名指しで、探索の手伝いにかり出してくださいな」

と真顔でいったものだった。

汐見の表を見張りつづけていた伴蔵が、ぼそりとつぶやいた。

「気になるなぁ、あの野郎」

聞き咎めた小幡が問いかけた。

「どうした」

「溝口さまが見張ってらっしゃる船宿〈井筒〉の主人なんですがね」

「何っ、井筒の主人だと。どこにいる」

「汐見の前で立ち止まった紗の羽織をまとった男です。名は」

と首をひねった伴蔵が、

「どうもいけねえ。忘れちまった」

申し訳なさそうに頭を掻いた。

「井筒の主人が、どうしたというのだ」

重ねて問うた小幡に、

「二度目なんですよ、汐見の表で足を止めたのは。あの野郎、汐見の周囲を歩きまわっているんじゃねえのかな。どうも、そんな気がしてならねえ」

「つけてみるか。行く先がどこか、気にかかる」

「畜生。わくわくしてきたぜ。つけさせておくんなさい」

「気づかれたときは、すぐに尾行をあきらめるんだぞ。深追いすると、後々、探索がやりにくくなる」

「わかりやした」

「この場は、おれが見張る」

「それじゃ、腕によりをかけて尾行してきやす」

腕まくりをして伴蔵が立ち上がった。

扇橋町《おうぎばし》の船宿〈清流《せいりゅう》〉の張り込みには、安次郎と男衆ひとりがついていた。安次郎たちは天水桶の陰に身を置いている。他の船宿もそうだが、清流でも表にふたり、裏手に三人、見張りについていた。裏手を三人にしたのは、万が一、舟で出かける怪しげな客がいるときに、舟を手配したり、尾行したりする場合に備えてのことであった。

七つ（午後四時）を告げる入江町の時鐘が鳴り終わった頃、安次郎と一緒に見張っていた男衆が、

「伴蔵じゃねえか。汐見を見張っているはずなのに」

独り言ちた。そのことばを安次郎が聞き咎めた。

「伴蔵が、どうしたって」

目線で示した男衆が、

「紗の羽織をまとった男が、清流の表で足を止めているでしょう。男から一町（約百九メートル）ほど後ろの町家の陰に立って、様子をうかがっているのが伴蔵で」

目を向けた安次郎が、

「紗の羽織の男、どこかで会ったような気がするが」

首を傾げてつぶやいた。

「あっしも、見たような気がしやす。どこだったか、すぐには思い出せねえ」

「動きだしたぜ」

紗の羽織をまとった男が歩きだした。伴蔵が町家の陰から出てきて、紗の羽織の男をつけはじめた。

この後、安次郎たちは、紗の羽織をまとった男と、男をつけている伴蔵を、もう一度見ることになる。

どうやらふたりとも、清流のまわりを二度まわってきたようだった。

ふつうでは、ありえないことだった。

「伴蔵は、紗の羽織の野郎をつけてるんじゃねえでしょうか」

問いかけた男衆に安次郎が、

「どうも、そうらしいな」

「あっしも、つけやしょうか」

「やめとこう。紗の羽織を伴蔵が、伴蔵をおまえさんがつけるとなると、かえって目立つことになる。ここのところは、伴蔵にまかせておけばいいんじゃねえのかい」

「わかりやした」

男衆が応えた。


小半刻（三十分）ほどしてから、錬蔵が清流にやってきた。深編笠に着流しといったいつもの忍び姿であった。安次郎たちを見かけて近寄ってくる。錬蔵は、井筒など同心たちや安次郎が見張っている船宿を、順次、見廻っているのだった。

天水桶の後ろにまわって錬蔵が安次郎に声をかけた。

「紗の羽織の男を伴蔵という男衆がつけている。清流にも、姿をみせたか」

「そのこと、ご存じでしたか。小半刻ほど前に、清流のぐるりを二度ほど歩きまわって、どこかへ行きましたぜ」

「紗の羽織の男は船宿〈井筒〉の主人だ。伴蔵は小幡と一緒に船宿〈汐見〉の表に張り込んでいた。そこへ、たまたま顔を見知っている主人が現れた。汐見の周囲を二度も歩きまわって、付近の様子をうかがっているような気がする。それで小幡が伴蔵に主人をつけさせた、という次第だ。井筒の主人は八木の張り込んでいる船宿にも姿を現している」

「小幡さん、お手柄ですね」

「だいぶ捕物の腕をあげてきた」

「これから、どちらへ」

「松倉のところへ回る。何が起きるかわからん。気を抜かずに、な」

「わかっておりやす」

深編笠の端を持ち上げた錬蔵は、安次郎に笑みを向けた。


西の空が茜に染まっていた。

深川の茶屋や局見世の軒行燈の蠟燭に火をつける仲居の姿が、あちこちで見うけられる。深川の色里が、目覚める頃合いといえた。

さっき帰ってきた角吉が、小袖を着流して井筒の裏口から出てきた。羽織を羽織った大店の旦那風の男と、用心棒とおもえる着流しの浪人がつづいた。大店の旦那風とみえるのは雷神の銀八であり、浪人は尾田三九郎に違いなかった。角吉が重箱と一升徳利を手にしているところをみると、涼船でも楽しむつもりなのだろう。

船頭が待ち受ける屋根船に三人が乗り込んだ。

舫綱《もやいづな》を解いた船頭が棹《さお》を手にとり、土手を突いた。屋根船が、水面を滑って川のなかほどへ出た。棹を櫓《ろ》に持ち替えた船頭が大川へ向かって漕ぎすすんでいく。

屋根船のなかでは角吉と銀八が向き合って坐り、艫《とも》近くに尾田三九郎が座していた。

ぐい呑みを手にして銀八がいった。

「〈汐見〉、〈清流〉、〈香月《こうづき》〉、〈千扇《ちせん》〉など角吉が話をつけて〈井筒〉から手下たちを移した船宿のうちの四軒に鞘番所の手の者が張り込んでいるというのだな」

一升徳利を手にとった角吉が、ぐい呑みに酒を注ぎながら、

「それぞれの船宿のぐるりを二度ばかり歩きまわりやしたら、表にふたり、裏に三人、表のふたりのうちのひとりは着流し巻羽織姿の、れっきとした町奉行所の同心でして」

「深川中の船宿の近所に聞き込みをかけ、客の出入りに、いつもと違う動きがある船宿を張り込んだか」

ふたりの話に割って入った三九郎が、

「井筒の裏口から屋根船に乗り込むときに見届けたが、三人ほど立木のうしろに身を潜めていた」

「そのこと、おれも気づいていた。どうやら鞘番所の奴ら、高町の文五郎一味の探索をとことんやり抜くつもりでいるようだな」

応えた雷神の銀八に三九郎が、

「鞘番所の大滝錬蔵は、胆の据わった奴だ。探索の網の目は、日一日と狭められて来るは必定《ひつじょう》。どうやら雷神のお頭の知恵の搾《しぼ》り時のようだな」

「松月楼の斬り込みで何人も手下を殺されている。もともとの狙いだった高町の文五郎の隠居金を手にするまでは、この深川から出て行くわけにはいかねえ。雷神の銀八の面子《めんつ》にかかわる。こうなりゃ、鞘番所の御支配と、とことん勝負するまでのことよ」

そこでことばを切った銀八が、角吉を見やった。

「勝ち戦の前祝い、今夜はのんびりと大川の涼船を愉《たの》しむことにするか」

不敵な笑みを浮かべた。

燭台の裸蠟燭の炎が揺れている。

盆を囲むように燭台が客たちの間に置かれていた。中洲一家の賭場は、盆のまわりに隙間なく客が坐り込み、まさに大盛況の様相を呈していた。

背中から両の上腕まで龍の彫物をした壺振りの斜め前に与吉が坐っている。

「丁半、相駒そろいました。勝負」

壺振りの手元を、与吉が食い入るように見つめている。

壺が上げられた。

「二六の丁」

と壺振りが声を張り上げた。

負けたのか、悔しげに与吉が舌を鳴らした。

賭場をまかされた代貸や一家の若い衆たちが坐っている丁場近くの壁に背をもたせかけた前原が、横目で、そんな与吉を眺めている。月代《さかやき》をのばし着古した粗末な木綿《もめん》の小袖に袴といった前原の出で立ちは、どうみても用心棒を生業《なりわい》とする、ごろんぼ浪人としかみえなかった。前原の前には一升徳利と湯呑みが置いてあった。

一勝負《ひとしょうぶ》がつき、座がざわめいている。

その賭場へ、縦縞の小袖を粋《いき》に着こなし、濃いめの化粧をしたお俊が入ってきた。

いつもは薄化粧で、悪戯《いたずら》好きの俊作を追いかけ回しているお俊とは、まるで別人だった。ちらり、と見やった前原が、はっとするほどの、艶やかで婀娜《あだ》っぽい、ふるいつきたくなるようないい女っぷりだった。

入ってきたところで足を止めたお俊が、賭場のなかを見回した。見つけたのか、さりげなく前原に歩み寄る。

「旦那、酒を一杯、ご馳走になってもよござんすか」

声をかけたお俊に前原が一升徳利を手にとり、掲げてみせた。

傍らに坐ったお俊が、湯呑みを手にとり前原に差し出した。

一升徳利の酒を、お俊の湯呑みに注ぎながら小声で前原がいった。

「壺振りの斜め前にいる利休鼠《りきゅうねず》の地に黒い縦縞の小袖を着込んだのが、与吉だ」

目でうなずいたお俊が、酒を一気に飲み干し、

「ありがとさんよ、博奕で儲かったら、一杯ご馳走するよ」

あでやかに微笑みながら、湯呑みを置いた。

立ち上がったお俊が、丁場で銭を駒に換える。駒を両手で持ちながら、盆のほうへ歩いていった。

「ごめんなさいよ」

大胆にも、お俊は与吉の隣りに無理矢理、坐り込んだ。与吉と隣りの商人風の男が

躰をずらした。迷惑そうに見やった与吉に、お俊が微笑みかけた。色っぽい目で見られて与吉が、あわてて顔をつくろって、

「なあに、混んでるときはおたがいさまよ。おれも、できるだけ壺振りに近いところに坐ることにしているのさ。壺振りの近くにいると、壺振りの手先と掌のなかの賽子《さいころ》が、よくみえるような気がしてな」

照れたように首をすくめて、微笑みを返したものだった。

「あたしも、ご同様さ。ついてるかい」

「からっきしよ」

「それじゃ、貧乏神のおまえさんとは口を利かないほうがいいかもしれないねえ。あたしゃ一稼ぎしたくて来たんだからね」

ことばとは裏腹、お俊が与吉に笑いかけた。

「貧乏神とは、まいった。袖触れ合うも多生の縁。姐《ねえ》さんが、おれの福の神になってくれるのを、ただただ祈るしかねえや。勝負がはじまるぜ」

軽口で与吉が受け流した。

うなずいたお俊が、壺振りに目を向けた。

そんなお俊と与吉に、前原が、ちらり、ちらりと目線を投げている。

四

「賭場を出た与吉をつけたところ、中洲一家の若い衆のいったとおり、帰り着いたところは船宿〈井筒〉でございました」

翌朝、深川大番屋の用部屋で錬蔵と前原は向かい合っている。

「そうか。井筒にもどったか」

ことばを切った錬蔵が、空を見据えた。

しばしの沈黙があった。

顔を前原に向けて錬蔵が口を開いた。

「その与吉、今夜も、中洲一家の賭場に現れるだろうか」

「必ず来るでしょう。実は昨夜、お俊が隣りに坐るなり、与吉が馬鹿づきしはじめまして」

「お俊に相乗りしたのか」

「如何様《いかさま》。お俊は、あれで、なかなか博才があるようで、お俊も勝ちつづけ、帰りしなには胴元に、『遊ばせてもらったお礼だ』と儲けた銭の半分を置いていきました。

はじめて見る顔だが、たいした気っ風の姐さんだと、中洲一家の代貸や若い衆も褒《ほ》めちぎっていたほどで」

「それは、たいしたものだ。お俊は儲けた金を何に使うといっていた」

笑みを含んで錬蔵が問うた。

「佐知と俊作に何かを買ってやろう、といっておりました。ありがたいことで」

しんみりとした前原の口調だった。

「さっき必ず与吉が来るといったが、たしかな裏付けでもあるのか」

問うた錬蔵に前原が応えた。

「与吉がお俊に、明日も来てくれ、と頼み込んでおりました。負けつづけた分をとりもどしたい。姐さんは、おれの福の神だと上機嫌でした。お俊も、そこまでいわれたんじゃ来ないわけにはいかないね、と笑って応えておりました。それゆえ、与吉は必ず来る、と申し上げた次第」

「賭場は何刻ごろ、お開きになる」

「九つ（午前零時）前には、終わりましょう」

「なら、おれは、そのころ中洲一家の賭場前の町家の陰にでも潜んでいることにしよう」

「潜んでいる、とは」

「与吉を引っ捕らえる。一責めして、口を割らせるのだ。藤右衛門に、十日のうちに一件を落着させる、と約束した。ちと強引だともおもうが、あまり時間《とき》はかけられぬ」

「賭場からの帰りしなに与吉を襲うのでございますな」

「与吉ひとりが相手だ。おれと前原のふたりで十分だろう。人手を増やせば、かえって目立つことになる」

「たしかに。それでは、そのこと、お俊につたえておきます。それと」

「何だ」

「勝負に負けたら、九つまで賭場に与吉を引き留めておくのはむずかしいかもしれませぬ。たとえ勝っていても、途中で与吉を誘い出すよう、お俊に仕掛けてもらいます。四つ（午後十時）ごろに与吉を賭場の外に連れ出すのが、もっともよいのでは」

「四つ前から賭場の出入りを見張れる町家の陰にでもいることにする。前原が出てきたら、おれも動く」

「それでは、その手筈ですすめます」

応えた前原が小さく頭を下げた。

「清吉さんの住まいかい」

台所で、昼飯の支度にかかっていた小笹の耳に男の声が飛びこんできた。葱《ねぎ》を刻む手を止めて、前掛けで手をふきながら小笹が表戸へ歩み寄った。

「清吉の住まいですが、どちらさまで」

声をかけながら表戸をあけた。

見知らぬ男が立っていた。五十そこそこ、といったところか。眼も鼻も、口も厭味《いやみ》なく配置されているが、これといった特徴のない顔立ちであった。微笑みを浮かべて、男がいった。手に風呂敷包みを抱えている。

「実は作兵衛さんからいわれて届け物をもってきたんだが」

「作兵衛さんからの届け物ですって。作兵衛さんは、いま、どこにいらっしゃるんですか」

「居所のほどは、御勘弁願います。作兵衛さんの言伝《ことづて》だけを申し上げます。清吉さんのところにいる子供たちに揃いの祭り半纏を買ってやる、と約束した。一緒に買いにいってやるつもりだったが、どうにも都合がつかない。それで、見繕《みつくろ》って祭り半纏を買った。ぴったりあうかどうか自信はないが、子供たちに着せてやってほしい、とのことでした。これがその半纏で」

と風呂敷包みを差し出した。

「これは清吉さんがいるときに」

押し返そうとした小笹に無理矢理、男が風呂敷包みを押しつけた。

「それじゃ、たしかに渡しましたぜ」

いうなり、背中を向けた。

「あの、せめて、お名前を」

呼びかけた小笹を振り向こうともせずに男は歩き去っていく。露地木戸の向こうに男の姿が消えたのを見届けた小笹は、押しつけられたまま胸元に抱え込んだ風呂敷包みをじっとみつめた。


あわてて露地木戸の脇の町家の陰に身を隠した政吉と富造が、

「間違いねえ。おざなり横丁の浜吉さんだ」

「入るとき、持っていた風呂敷包みがなくなっている。小笹に渡したんだ」

ほとんど同時に声を上げた。

顔を見合わせ、政吉がいった。

「浜吉さんと清吉が顔見知りのはずがねえ。誰かに頼まれて、風呂敷包みを届けにきたんだ」

「おれも、そうおもう」

「頼んだ相手は作兵衛かもしれねえ」

「ひょっとしたら作兵衛の隠れ家へもどるかもしれねえな、浜吉さんは」

「つけるか」

「おれがつける。富造はこのまま張り込んでいてくれ」

舌を鳴らして富造がぼやいた。

「おれがつけたいところだが、仕方ねえや。尾行の技は、おめえのほうが達者だからな」

「行くぜ」

町家の陰から足を踏み出した政吉が、歩き去る浜吉をつけはじめた。

政吉たちが張り込んでいたところから数軒ほど離れた町家の前にある天水桶の陰に、ふたりの男が身を潜めていた。与吉と豊松であった。与吉が声をかけた。

「豊松、清吉のところを見張っていた男が、長屋にやってきた男をつけていくぜ」

「どうしやしょう」

「後をつけな。見張っているのは松月楼にかかわりのある男たちだ。高町の文五郎の手がかりがつかめるかもしれねえ」

「わかりやした」

裾を払って豊松が立ち上がった。浜吉の後をつけている政吉の後をつけるべく、歩きだした。


おざなり横丁のなかへ浜吉が入っていった。やってきた政吉が、おざなり横丁の前で立ち止まり、横丁のなかを覗き見た。

化粧のはげた女たちが、粗末な棟続きの建家の前に置かれた縁台に坐っている。暑いのか、恥ずかしげもなく乳房の割れ目から臍《へそ》のあたりまで前を広げて手拭いで汗を拭っている。夜になると厚化粧をして、嬌声を上げ色気たっぷりの仕草で、遊びに来た男たちの袖を引く女たちであった。

あまりにだらしない女たちの格好に、さすがに興ざめしたのか政吉は、おもわず顔をしかめた。長居は無用、とばかりに背中を向け、歩きだした。

そんな政吉を町家の陰から豊松が、じっと見つめている。

おざなり横丁の奥、直助長屋の一間で浜吉と作兵衛が向き合って坐っていた。

「祭り半纏を届けてくれたかい。手間をかけさせて、すまなかったね」

話しかけた作兵衛に浜吉が、

「いや、何の造作もないことでしたよ。それより、高町のお頭、清吉さんにはおかみさんがいなさるのかい」

目の前にいるのは作兵衛ひとりなのに、浜吉は面妖にも、高町のお頭と呼びかけた。

「いねえよ。が、二世を契《ちぎ》った女はいる。小笹という源氏名で芸者に出ている女で、年季が明けたら所帯をもつことになっている」

「そりゃ、女房同然の女だ。その、小笹さんに祭り半纏を入れた風呂敷包みを押しつけてきた。せめて名前を、と聞かれたが聞こえぬふりをして帰ってきたんだ」

「それでよかったのよ。下手に名乗ったら、後々、浜吉さんに迷惑がかかることになるかもしれねえ。何せおれは、人相書きが出回っている凶状持ちの、ろくでなしの高町の文五郎だからな」

「そんな言い方はやめておくんなさい。高町の文五郎といや、盗人仲間では大親分で通ったお人だ。そんなお人が、作兵衛と名を変えて松月楼という茶屋で下男奉公してなさる。何かある、とおもっちゃいたが、まさか、一度は捨てた、血のつながる息子さんのそばにいたい一心でなさっていたことだと聞いたときは、涙が出ましたぜ。お頭は、たまたま賭場に居合わせただけのかかわりで、いかさま博奕だと騒ぎ立て暴れ回ったあげく、とっつかまって簀巻きにされ川に投げ込まれたおれを、助けてくだすった命の恩人だ。そんなお人が、ろくでなしのはずがねえ。お頭は、おれの命の恩人、一度は死にかけたおれの、あらたな命の親でもあるんですぜ」

「ありゃ、あのときの盆は、浜吉さんの見立て通り、いかさまだった。正しいことをいった者が横車を押しまくる奴らに、よってたかってなぶり殺しにあう。そんなことは、断じて許せねえ。そうおもったから、みるにみかねて、川に飛びこんで助けだした。ただ、それだけのことさ。恩を感じているのは、おれの方だ。おれが手にかけた、長屋に忍び込んだ盗人の骸を貯木池に捨ててもらったその上に、この深川では、どこにも身の置き場がなくなったおれを、何にも聞かずに助けてくれる。すまねえが、もう少し、おざなり横丁に置いておくれな。迷惑はかけねえ。じっと、潜んでいるからよ。未練がましい、と笑われてもいい。顔をあわせなくてもいい。ことばも交わさなくてもいい。せめて息子の、清吉のことを陰ながら見守ってやりたいんだ。そばにいたいんだよ、清吉の、な」

「お頭、なぜ、親子の名乗りをなさらねえんで。せめて、名乗りあうだけのことは、なすったほうが」

「それは、できねえ。おれは高町の文五郎。盗人の凶状持ちだ。清吉に、凶状持ちの子という、肩身の狭いおもいはさせられねえ。てめえの勝手で捨てた母子。数え切れねえほどの悲しい目、辛い目にあっただろう。さんざん苦労をさせた子に、これ以上の苦労はかけたくねえ。おれは、子供好きの作兵衛さんのままでいい。清吉とは、ただそれだけのかかわりで、十分すぎるくらいの幸せを味わっているんだ。これ以上、何も、望まねえし、望めねえよ」

「高町のお頭」

「これからも清吉のところに使いに行っておくれな。頼むよ、浜吉さん」

「おれでよければ、何でもいいつけておくんなさい」

「頼りにしてるよ」

微笑んだ文五郎が、浜吉に柔らかな眼差しを向けた。

船宿〈井筒〉に豊松が駆け込んだのは、おざなり横丁まで政吉をつけていってから半刻（一時間）ほど後のことだった。

二階の座敷に、角吉と一緒に入ってきた豊松を見るなり銀八が顔をしかめた。

「豊松、てめえは清吉の長屋を見張ってるんじゃなかったのか」

その問いかけには応えず、前に坐るなり豊松が銀八にいった。

「実は、清吉の長屋を訪ねてきた男がいまして。露地木戸を入っていくときは風呂敷包みを持っていやしたが、出てくるときは手にしていない。何かを届けにきたに違いないとおもっていると、松月楼から張り込みに来ているふたりのうちのひとりが、そいつの後をつけていった。行き着いたところが、おざなり横丁で」

「おざなり横丁、だと」

問うた銀八に、横から角吉が応えた。

「鞘番所の手も入らない、御法度の埒外《らちがい》にある一角でして。無宿者、流れ者の巣窟です。土地の者も、めったに出入りしないところですよ」

「無法者の拠点に住みついている男が、清吉を訪ねてきた。それも、届け物を持って、だ。清吉が、すっ堅気の男だということは、暮らしぶりから、よくわかる」

誰にきかせるともなくつぶやいた銀八が、さらにつづけた。

「無法者と堅気の男、どうにもつながらねえ。何か、深いわけがあるに違いない」

一升徳利と湯呑みを前に置き、尾田三九郎が、相変わらず壁に背をもたせかけて眼を閉じている。弥平は一隅に控えていた。

一瞬、黙りこんでいた銀八が、角吉に眼を向けた。

「角吉、おざなり横丁について、他に知っていることはないか」

「この眼で見たわけじゃねえんで、はっきりとはいえませんが、豊松から聞いた清吉の長屋を訪ねた男の人相から推測して、その野郎はおざなり横丁を仕切っている浜吉じゃねえか、と」

「おざなり横丁を仕切っている浜吉だと」

「おそらく」

うむ、と銀八が首を傾げた。

「おざなり横丁のお頭ともいうべき立場にある浜吉が動いた。動くには、それなりの理由があるはずだ。角吉、浜吉の顔は、何度か見たことがあるんだろうな」

「三度ほど、遠目ですが見たことがあります。見分けはつきやす」

「それなら、おめえ、おざなり横丁を見張れ」

「あっしが、ひとりで見張るんですかい」

不満げな声を角吉が上げた。その声を引き継ぐように、尾田三九郎が口をはさんだ。

「おれも、つきあおう。舟で見張れるところか、おざなり横丁は」

「見張れねえことはありませんが」

「釣りをしているふりをして見張ろう。土手に上がっても、釣りに飽きた上のこと、だとおもわれるだろう」

「尾田さんが出張ってくれるなら、鬼に金棒だ。できれば、おざなり横丁に乗り込んで、浜吉を引っ張り出すくらいの騒ぎを起こしてもらいたいもんだね」

「おざなり横丁への乗り込みは、時と場合による。まずは、見張る。今はそれだけでよかろう」

脇に置いた大刀を手に三九郎が立ち上がった。

物言いたげな銀八には眼もくれず、

「角吉、行くぞ」

声をかけるなり、三九郎は戸襖に歩み寄った。戸襖を開けて、出ていく。

「尾田さん、待ってくださいよ」

慌てて角吉が、後を追った。

深編笠に小袖を着流した、いつもの忍び姿で、井筒を手始めに汐見、清流、香月、千扇と船宿を見廻り、深川大番屋へもどった錬蔵をおもいもかけぬ男が待ち受けていた。

門番所の物見窓ごしに門番に声をかけた錬蔵に、窓障子を開けた門番が、

「いますぐ潜り口を開けます」

といい、門番所を出る気配がした。潜り口がなかから開けられ、足を踏み入れた錬蔵に門番が小声で告げた。

「政吉さんが、門番所でお待ちです」

「政吉が」

このところ清吉の長屋を張り込んでいるはずの政吉であった。その政吉が錬蔵の帰りを待っている。急ぎ錬蔵に知らせたいことが出来たに違いなかった。

「この場で話を聞く。政吉に出てくるようにいってくれ」

「承知しました」

あたふたと門番が門番所に入っていった。

門番所の表戸が開いて、政吉が出てきた。錬蔵に気づいて、歩み寄る。そばに来るなり、声をかけてきた。

「大滝さま、清吉の長屋を浜吉さんが訪ねてきましたぜ」

「浜吉が」

「来たときは風呂敷包みを手にしていましたが、帰りは手ぶらでした」

「何かを届けに来たということか」

「おそらく」

「おれに知らせに来ること、藤右衛門は知っているのか」

「そいつは、まだ」

おもわず錬蔵は息を呑んだ。政吉が錬蔵に知らせたことを藤右衛門が知ったら、どういうことになるか。いままで、つたえていいこと、いけないことなど、すべて藤右衛門の許しを得て錬蔵とかかわってきた政吉であった。それが、今度ははじめて、藤右衛門に逆らっている。

「無理をさせたようだな」

口をついて出た錬蔵のことばであった。

「富造と話し合ったのでございます。大滝さまと、てまえ主人が争うことになったら、この深川はどうなる。いま以上に無法がのさばることになる。そうなったら、土地《ところ》に遊びに来る客はいなくなる。深川はさびれて、住んでいるおれたちは、日々の暮らしが立ちゆかなくなる。主人は悪党一味に松月楼に押し込まれ奉公人九人を殺されて、常日頃とは違って怒りに取り憑かれていらっしゃる。ここは、大滝さまに一踏ん張りしていただかなきゃなるめえ。そのためには、つかんだ事柄は、洗いざらいお知らせするべきだ、とふたりのおもいがひとつになりやした」

「それで、知らせに来てくれたのか」

「指図に逆らったことで、主人から仕置きを受けることになりやしょう。覚悟はできておりやす」

凝然と錬蔵が政吉を見つめた。

ややあって、告げた。

「政吉、おまえは今夜、ここには来なかった。大番屋には顔を出さなかった。よいな、そういうことにするのだぞ。おれは、今夜のことは誰にもいわぬ。門番が藤右衛門に会うことも、このことを話すこともないだろう。富造にも、このこと、つたえるのだ。今夜、政吉は大番屋には来なかった。それで通すのだ」

「大滝さま」

「人目に触れるといかぬ。裏門から出ていけ。おれについてこい」

先に立って錬蔵が歩きだした。政吉がつづいた。

裏門の潜り口から政吉を送りだした錬蔵は、潜り口を閉めようとした手を止めた。

前原と約束した四つ（午後十時）には、たっぷりすぎるほどの間があった。

（その前に、おざなり横丁に出向き、浜吉にあってみるか）

腹を決めた錬蔵は、裏門の潜り口を閉めた。政吉が裏門から出ていったことを、錬蔵は誰にも知られたくなかった。

門番には、政吉が来たことを口止めしておかなければなるまい。そう考えながら錬蔵は、歩みをすすめた。


前触れもなく、深編笠に着流しの忍び姿で錬蔵がやって来たことを手下から聞いた浜吉は、あわてておざなり横丁の表に出てきた。驚愕を顔に浮かせたまま、小走りで錬蔵に近寄っていった。浜吉は、おざなり横丁のなかに錬蔵を招き入れようとする気配を、微塵《みじん》も見せなかった。

おざなり横丁の入り口の脇に錬蔵を立たせたまま、浜吉が話しかけてきた。

「申し訳ございませんが、いま、女たちが客を引いております。いわば商いの真っ最中。明日にでも鞘番所へお伺いいたしやす。今夜は、お引き取り願えませんか」

「高町の文五郎は、いるか。もっとも松月楼の下男、作兵衛といった方がいいかもしれぬがな」

当て推量の錬蔵のことばであった。

一瞬、浜吉の顔に浮かんだ動揺を、錬蔵は見逃してはいなかった。

「何のことで」

懸命に浜吉が、しらばっくれようとした。

「島田町は庄助店、清吉の住まいに何を届けた。誰に頼まれて届けたのだ」

眼を大きく見開いて浜吉が息を呑んだ。眼を細めた錬蔵が、浜吉を凝然と見据えた。こころの奥底までをも見透かすような、鋭い眼差しであった。

おもわず眼を背けて、浜吉が応えた。

「あと二日、二日だけお待ちください。三日後には、鞘番所へまいります。そのときに、洗いざらい話させていただきます。今夜はお許しのほどを」

「二日、だな。待とう」

「ありがとうございます。恩に着ます。今夜は、これで失礼いたしやす」

いうなり浜吉が背中を向けた。おざなり横丁の人混みのなかに、浜吉の姿が紛れ込むまで、錬蔵はその場に立ち尽くしていた。

やがて浜吉の姿が見えなくなり、錬蔵が踵を返して歩きだした。

立ち去る錬蔵の後ろ姿を、土手に身を伏せて見つめている尾田三九郎と角吉の姿があった。

「深編笠に小袖を着流した武士は大滝錬蔵だ。身のこなしでわかる」

眼を錬蔵に据えたまま三九郎がいった。

「呼び出されて出てきたのは浜吉ですぜ。見間違うことはありませんや」

応じた角吉を見向きもせず、三九郎が独り言ちた。

「大滝錬蔵が忍び姿でおざなり横丁にやって来て、浜吉を呼び出した。浜吉が清吉の長屋を訪ねた日に大滝が浜吉を呼び出す。何か、ある。この動きには、必ず深い意味が隠されている」

「尾田さん、一刻も早く、このことをお頭に知らせたほうがよろしいんじゃねえですか」

聞いてきた角吉に、

「その方が、よかろう。お頭の当て推量、外れることはめったにないからな」

応えた三九郎が、ゆっくりと立ち上がった。水辺に舫ってある舟へ向かって土手を下り始める。おざなり横丁に、ちらりと眼を走らせ、角吉が三九郎の後を追った。

中洲一家の賭場は今夜も盛況を極めていた。

壺振りの斜め前、昨夜と似たような場所に、お俊と与吉は陣取っている。前原も昨夜と同じところに坐っていた。

ふたりの前には駒が二山ほど積まれていた。つきが、二晩つづいているらしい。一勝負が終わったのか、若い衆が賭けた駒のやりとりを盆の上で行っている。

ぽつりとお俊がつぶやいた。

「そろそろお開きにしようかね」

聞き咎めた与吉が不満げに鼻を鳴らした。

「もう少し付き合っておくれな。まだつきは落ちちゃいない」

「それが、落ちそうなのさ。二晩つづきで疲れちまった。気分が乗らなくなってきたんだよ。こういうときは、勝負の勘が働かなくなっちまう。すぐに負け始める。いつも、そうなのさ」

駒を手にしてお俊が立ち上がった。

「途中で勝負を止めさせたお詫びに、一杯ご馳走するよ。厭なら、厭でもいいけどね。無理強いはしないよ」

声をかけたお俊が、丁場へ向かって歩きだした。

「姐さん、それはねえぜ。つきは、まだ落ちてねえとおもうんだがな、まったく女は気まぐれでいけねえや」

舌を鳴らした与吉が、しぶしぶ手をのばし駒を持ち上げた。


そろそろ前原と決めた刻限であった。錬蔵は、外目にはしもた屋にしか見えない、裏通りに面した賭場の表戸をのぞめる町家の陰に身を潜めている。

風がないせいか、蒸し暑い晩であった。空は厚い雲に覆われている。襲撃を仕掛けるにはもってこいの夜といえた。

身じろぎひとつせず、錬蔵は賭場の表戸を見据えている。

賭場から人が出てきた。

深編笠の端を持ち上げた錬蔵は、じっと眼を据えた。

出てきたのはお俊だった。その後を追って遊び人風の男が現れた。お俊に慣れ慣れしく話しかけている。与吉に違いなかった。

わずかに遅れて前原が出てきた。

それをきっかけに錬蔵は刀の鯉口を切った。お俊と与吉に向かって走りながら、錬蔵は大刀を抜きはなった。

人の駆け寄る気配に気づいた与吉が振り向いた。

驚愕に与吉の顔が歪んだ瞬間、一跳びして迫った錬蔵が刀を峰に返した。振り上げる。

閃光が縦に走った。

その光を与吉の眼は、しかと捕らえていた。

左の肩口に激痛が走る。

そこまでだった。

意識が途絶えた与吉は、その場に崩れ落ちた。

「お見事」

駆け寄ってきた前原が、錬蔵に声をかけた。

お俊が安堵したのか、笑みをみせた。

「旦那、脅かしっこなしだよ。いきなり闇の中から飛び出して来るから、あたしゃ、自分が襲われるような気がして、震えがでちまった」

「悪かったな。が、人を拐《かどわ》かすにはこの手が一番だ。いきなり飛び出して峰打ちをくれ、気を失わせる」

笑みをたたえて応えた錬蔵が、前原に、

「すまぬが与吉を担いでくれ。大番屋の牢へ運びこむのだ」

「承知しました」

横たわった与吉の傍らに、前原が膝をついた。抱え上げ、肩に担ぎあげた。

見届けた鍊蔵が、

「引き上げるぞ」

声をかけて歩きだした。お俊と、与吉を肩に担いだ前原が鍊蔵につづいた。

五

「井筒は、江戸見物に来て、泊まってるだけのところだ。盗人宿って、何のことだよう」

叫んだ与吉の背中に鞭がわりの割れ竹が炸裂した。

大仰《おおぎょう》な悲鳴をあげ、与吉がのけぞった。与吉は天井の梁《はり》から下げられた縄に両の手首を縛りつけられている。褌《ふんどし》だけの裸に近い姿だった。

昨夜、捕らえて牢に叩き込んだ与吉を、朝になってから鍊蔵と前原で拷問部屋へ引きずっていったのだった。拷問は小半刻（三十分）余りつづいている。

割れ竹を手にした前原が、声高にいった。

「いえ。いわないと息の根が止まるまで打ちつづけるぞ」

「見当違いも甚《はなは》だしいや。罪もねえ町人を責め殺す、だと。恨んで恨んで恨み抜いて、てめえを生涯祟《たた》ってやる」

せせら笑った与吉が唾を吐き捨てた。

「おのれ、いわせておけば」

割れ竹を振り上げた前原に、錬蔵が声をかけた。

「手ぬるい。後は、おれがやる」

手をとめた前原が小さく頭を下げ、後ろに下がった。

近寄った錬蔵を与吉が睨みつけた。

「何をする気でえ」

「こうするのよ」

大刀を錬蔵が引き抜いた。

驚愕して与吉がわめいた。

「てめえ、おれを、殺すつもりか」

「殺しはせぬ。耳を削《そ》ぎ、鼻を切り取り、口を裂くだけだ」

大刀を持ち上げた錬蔵が与吉の耳の上に刀を置いた。

「まず左の耳からいこうか」

大刀を耳に当てた。切れたのか溢れ出た血が耳のまわりをつたって頬から首すじへと流れ落ちた。

呻いた与吉が激痛に顔を歪《ゆが》めた。

「耳を削ぐぞ」

大刀を持つ手に、錬蔵がわずかに力を籠めた。

耳に刃が食い込んだか、血が噴き出た。与吉が悲鳴をあげる。泣き声に似ていた。

「話す。全部、話す。耳を削がないでくれ。井筒は雷神の銀八一味の盗人宿だ。勘弁してくれ。止めてくれ。洗いざらい、ぶちまけるからよう」

躰を震わせて与吉が絶叫した。


井筒の、障子窓を開け放した二階から通りを見下ろした雷神の銀八が、

「まだ見張ってやがるぜ。ご苦労なことだ」

と吐き捨てた。不機嫌さを剝き出しにして銀八が豊松を振りかえった。豊松のかたわらに角吉、一隅に弥平、壁に背をもたせかけた尾田三九郎が控えている。

「豊松、相部屋のおまえが昨夜、与吉が帰って来なかったことになぜ朝まで気づかなかったんだ」

「与吉が大の博奕好きなのはお頭もご存じのはずで。賭場に行くな、といっても聞くような玉じゃありませんや。情婦じゃあるめえし、与吉が帰って来るまで寝ないで待っているなんて、とてもできませんぜ。しかも与吉の野郎、このところ連夜の賭場がよいだ。昼間は、清吉の長屋に張り込んでるってのに、よく躰がもつとおもいますよ」

さんざん怒鳴り散らされたらしく豊松が、不満げに鼻を鳴らした。

「口の減らねえ野郎だ」

不機嫌そのものの声を上げた銀八が、

「三九郎さん、どうおもうね。与吉は深川鞘番所に捕まった。おれは、どうもそんな気がしてならねえんだが」

壁にもたれかかったまま三九郎が応えた。

「そうおもったほうが無難だろうな。鞘番所の手の者の見張りはつづいている。大滝は、腹をくくったら、どんな強引な手立ても躊躇なくやってのける男だと、おれはみている。張り込むだけでは事はすすまぬ、と読んで動いたのだ。おそらく今頃は捕らえた与吉を拷問にかけているだろうよ」

「与吉が責めに耐えられるかどうか。強がって格好をつけてはいるが、あいつは根っからやわな野郎だ。今頃、井筒は雷神の銀八の盗人宿でございます、と白状しているかもしれねえ」

誰にきかせるともなくつぶやいた銀八が、首を傾げた。

「清吉をおざなり横丁の浜吉が訪ねてきた。その浜吉を鞘番所の大滝が訪ねた。清吉はどうみてもただの左官職だ。が、松月楼にかかわりのある連中は、清吉を見張っている。おれには、すべてが清吉をはさんで動いているような気がする。なぜだ」

独り言ちて銀八が黙り込んだ。

その場にいる誰もが、銀八の発する次のことばを待っている。

突然、子供たちのはしゃぐ声が聞こえ、水に飛びこむ音が響いた。

窓から首をのばして銀八が外を眺めた。

「近所の餓鬼《がき》どもが水遊びをはじめやがった。くそ暑い陽気だ。さぞ気持がいいだろうぜ。あぁあ、おれも餓鬼にもどりてえや」

ぼそぼそ、とぼやきながら座敷に向き直った銀八が、

「餓鬼、か」

と、つぶやいた。

目線を移して銀八が声をかけた。

「弥平、高町の文五郎には子供がいるといっていたな」

「押し込む大店の絵図面を手に入れるために、その大店を建てた大工の親方のところに転がり込んだ。その親方のところに出入りしていた左官職人と知り合いになり、長屋に遊びにいくうちに左官の娘といい仲になり孕《はら》ませた、といっておりやしたが」

「清吉は、どうだい。清吉が高町の文五郎の女ごと捨てた子供だとしたら、年の頃はあうかい」

あっ、と息を呑んだ弥平が、指を折って数えた。

「話に聞いた清吉の年の頃と、高町のお頭から聞いたことから推し量ると、清吉は文五郎の子、だといっても通らない話じゃありませんぜ」

「清吉が文五郎の子だとしたら、なぜ深川に高町の文五郎が住みついたか、おれの手下を四人も殺しながら、深川に居つづけたか、そのわけがわかるような気がする。高町の文五郎は、てめえが捨てた子が愛《いと》しくて、そばにいたかったんだ」

振り向いて、銀八が告げた。

「角吉、屋根船は何艘、手配できる」

「井筒の持ち舟が二艘、残るは猪牙舟が三艘で。事が事だけによそから屋根船をまわしてもらうわけにはいかねえかと」

「いつ、大滝が率いる鞘番所の手の者が踏み込んでくるかもしれねえ。井筒を捨てて屋根船に乗り込む。手下たちに声をかけ、屋根船と猪牙舟に分乗して、手入れを逃れる。そして」

「そして、どうするのだ」

横から聞いた尾田三九郎に銀八が、

「今夜、清吉を拐かす。子供たちも一緒にだ。拐かして浜吉に呼び出し状を送りつける。おざなり横丁に高町の文五郎が匿《かくま》われているはずだ」

「お頭の見込みが外れ、清吉たちと高町の文五郎との間に何のかかわりもないとわかったときには、どうする」

問うた三九郎に、

「そのときは清吉と子供たちを殺して、出直すさ。が、高町の文五郎の隠居金は絶対、諦めねえ。こうなりゃ意地だ。必ず見つけ出してみせる」

眼をぎらつかせて雷神の銀八が吠えた。

拷問にかけられた与吉は、高町の文五郎の名を騙《かた》って秩父屋に押し込み、家人、住み込みの奉公人を皆殺しにして、金品を盗み出したのも、松月楼を襲撃したのも雷神の銀八一味の仕業だということを、白状した。

四人の同心たちと安次郎は張り込みで出払っている。同心抱えの下っ引きたちは、それぞれ見廻ると割り振られた一帯に出張っていた。

みなが大番屋にもどってから井筒に踏み込むのが、一番無理のない手立てのような気がする。が、錬蔵のなかでは、一刻も早く繰り込むべきではないのか、というおもいが頭をもたげてきて、何度打ち消しても、そのおもいが薄らぐことはなかった。

見廻りに出た錬蔵は井筒へ向かった。

やって来た、深編笠に小袖を着流した忍び姿の錬蔵に気づいたのか、溝口が潜んでいたところから出てきた。近づいて来て小声で話しかけてきた。

「いまのところ、変わったことはありません」

「裏手は、どうだ」

問うた錬蔵に溝口が応えた。

「何もいってこないところをみると、異状はないのでは」

「たしかめたのか」

「それは」

「裏をのぞいてみよう」

いうなり錬蔵が歩きだした。

「私もまいります」

あわてて溝口が後を追った。


「昼間から涼むつもりか、屋根船二艘は大川へ繰り出し、猪牙舟は貯木池のほうへ向かっていきました。半刻ほど前のことで」

裏口を見張っていた男衆が錬蔵に告げた。

「屋根船二艘は大川へ、猪牙舟三艘は別の方向へ漕ぎ出していった、というのか」

首を傾げた錬蔵が、

「屋根船に乗り込んだのは何人ほどだ」

問われた男衆が応えた。

「船頭を入れて六人ほどで」

「猪牙舟の船頭を入れて九人か」

泊まり客を含めて井筒にいる男たちの数は、そんなものだろう、仲居が留守を守っているはず。そう錬蔵は推断した。

「猪牙舟か」

どこへ行ったか、気になった。錬蔵は、小幡が張り込みを差配している汐見にいってみようとおもった。

このところ、めきめきと捕物の腕をあげてきている小幡である。小幡なりに気がついたことがあるかもしれない。

振り返って錬蔵が声をかけた。

「溝口、井筒は盗人、雷神の銀八一味の盗人宿だ。昨夜捕らえた一味のひとりが今朝方、白状した」

「それでは井筒の泊まり客や店の者はみんな盗人一味」

驚きを露わに溝口が呻いた。

「何かあるかわからぬ。警戒を怠るな」

「承知しました」

応えた溝口が、強くうなずいた。

いつも汐見の表を見張っているところに小幡はいなかった。

やって来た錬蔵が、ひとり残っている伴蔵に声をかけた。

「小幡は、どこへ行った」

「裏口に張り込んでいる男衆が迎えにきやして、さっき裏へ回られました」

「裏へ。何かあったのか」

「汐見の船着き場に猪牙舟が横付けして船頭が汐見のなかへ入っていったそうなんで。誰かを迎えにきたんじゃねえか、と裏口を見張っていた男衆がいいやして」

「猪牙舟の船頭が、誰かを迎えに来たというのか」

「たしかなことじゃねえんで、はっきりとはいえませんが」

「裏に回ってみる。抜かりなく見張ってくれ」

「わかりやした」

応えた伴蔵が浅く腰を屈めた。

裏にまわると小幡が土手に立っていた。じっと川筋を見つめている。

「小幡」

声をかけられ小幡が振り返った。

深編笠の端を錬蔵が持ち上げた。

「御支配。いま、猪牙舟が一艘、船着き場に漕ぎ寄せて船頭が汐見に入り、泊まり客を三人、猪牙舟に乗せて貯木池のほうへ向かいました。男衆のひとりに後をつけさせています。川筋と陸の道筋、尾行するのはむずかしいとおもいましたが、つけられるところまで行け、と命じました」

「泊まり客三人を連れ出して猪牙舟に乗せた、というのか」

「如何様」

井筒に泊まっている雷神の銀八が手下たちを集めている、と錬蔵はおもった。何か企んでいるに違いなかった。いずれにしても井筒に踏み込めば判明する。錬蔵は、直ちに井筒に踏み込む、と腹を決めた。

見据えて錬蔵が告げた。

「小幡、汐見の見張りは男衆にまかせて、おれと一緒に井筒へ向かうのだ。井筒は盗人宿だ。溝口と三人で井筒に踏み込む。八木や松倉、安次郎に声をかける時間はない。奴らの動きからみて盗人一味め、すでに逃げ去ったかもしれぬ」

「承知」

短く応えて小幡が顎を引いた。

井筒の前に錬蔵と溝口、小幡は立っていた。

井筒の表口から錬蔵、裏口から溝口、小幡が押し入る、と段取りを決めた。

ふたりを見つめて、錬蔵が告げた。

「まずは井筒に踏み込んで、なかをあらためる。溝口と小幡はすみやかに裏に回れ。頃合いを見て、おれは突入する。ふたりは裏口に着き次第、押し入れ」

無言でうなずいた溝口たちが裏手へ走った。

表戸へ錬蔵は歩み寄った。

表戸の前に立った錬蔵が声をかけた。

「深川大番屋の者だ。表戸を開けろ」

何の返事もなかった。

表戸をひくと簡単に開いた。

中は静まりかえっている。

足を踏み入れた錬蔵は、すでに抜刀していた。奥へとすすむ。

次々と襖を開け、座敷をあらためていった。

裏手からも押し入ってきたのか、

「誰もいないぞ」

「蛻《もぬけ》の殻だ」

言い放つ溝口と小幡の声が聞こえた。

錬蔵は溝口たちの声がした方へすすんでいく。

庭に面した廊下で、錬蔵は溝口たちと向き合った。

「御支配、逃げられましたぞ」

声高に呼びかけた溝口に、

「与吉が、井筒に帰ってこなかった。そのことが、雷神の銀八には気に入らなかったのだ。大番屋の手の者に捕らえられたのかもしれぬ、との疑念を抱き、先手を打って姿を晦ましたに違いない。雷神の銀八、油断のならぬ奴」

二艘の屋根船のどちらかに雷神の銀八は乗っていたのだろう。井筒にいた一味の者たちは屋根船に乗り込み、汐見など他の船宿に泊まっていた一味の者は、迎えにきた猪牙舟で逃れた。そう錬蔵は推断していた。

このまま雷神の銀八は深川の地を去ったのか、それとも深川のどこかに潜んでいるのか。

ふたりに目線を流して、錬蔵が告げた。

「明日から雷神の銀八一味の足取りを探ることになる。井筒を見張っていた男衆には、今夜かぎり張り込みをやめる、とつたえよ。また、井筒を見張る男衆を走らせ、他の船宿を張り込む男衆に引き上げるよう、つたえさせろ。溝口、手配りするのだ」

「ただちに」

うなずいた溝口が背中を向けて、小走りに男衆が潜むところへ向かった。

目線を向けて錬蔵が下知した。

「大番屋へもどる」

無言で小幡が強く顎を引いた。


翌朝五つ（午前八時）過ぎ、深川大番屋に血相変えて駆け込んできた、ふたりの女がいた。お紋と小笹であった。

長屋へ押しかけてきたお紋が、表戸を開けた安次郎の顔を見るなり、声高に呼びかけた。

「大変だよ。清吉さんと子供たちの姿が見えないんだよ」

板敷から土間に降り立った錬蔵が、安次郎の背中越しにお紋に声をかけた。

「長屋に入れ。なかで話を聞く」

土間からつづく板敷の間で錬蔵はお紋、小笹と向かい合って坐った。安次郎は、錬蔵の脇に控えている。

「小笹ちゃんは、どんなに前の晩の上がりが遅くなっても、いつも、清吉さんが出かける前に長屋に顔を出して、朝御飯を支度してやるんだよ。それが今朝、顔を出したら、家ん中が荒らされてて、清吉さんと子供たちがどこにも見当たらない。拐かされたのかもしれない、とおもった小笹ちゃんが、あたしんとこに駆け込んで、それでふたりで鞘番所へ飛びこんできたってわけさ」

一気にお紋がまくしたてた。

一言もはさむことなくお紋の話を聞いていた錬蔵が、小笹を見やった。

「小笹、いま、お紋が話したことに間違いはないか」

「その通りです。お願いします、大滝さま。清吉さんと子供たちを助けてください」

「すぐ探索に仕掛かる。いまは、それしかいえぬ」

「旦那、そんな物言いはよしてくださいな。必ず助け出す、と一言、いってくださいよ。小笹ちゃんが可哀想じゃないか」

横から安次郎が口をはさんだ。

「お紋、そいつは無理な話だ。清吉たちを、どこのどいつが拐かしたか手がかりのひとつもない。いま話を聞いたばかりで、どうやって助け出しゃいいんだ」

「そりゃそうだけど。でもね、旦那ほどの捕物上手なら、何とかなりそうなものじゃないか。小笹ちゃんの気持を汲んでやってもいいじゃないか。旦那、何とかしてくださいよ。お願いだよ」

にじりよったお紋に錬蔵が、

「聞き分けてくれ、お紋。いまは、探索をするとしかいえぬのだ。いま下手な慰めをいって小笹を喜ばせると、おもうように探索がすすまぬときは、かえって小笹に辛いおもいをさせることになるのだぞ」

「わかってるよ。わかってるけどさあ。悔しいねえ。何とかならないのかねえ」

無意識のうちにお紋は、下唇を噛みしめていた。

無言で、錬蔵はそんなお紋を見つめている。

「いまのところは、小笹のことはお紋にまかせるしかない。まずは、住まいに引き上げて、おれからの知らせを待っていてくれ」

言い聞かせる錬蔵に、気持が鎮まったのか、お紋は、

「一日も早く、清吉さんたちを見つけ出してくださいよ」

と念押しし、小笹とともに渋々帰って行った。

ほどなくして用部屋へ入った錬蔵が、文机に置かれた名主たちからの届出書に手をのばしたとき、廊下を荒々しく踏みならす足音が聞こえた。入り乱れている。ひとりの足音ではなかった。

足音が用部屋の前で止まるのと戸襖ごしに声がかかるのが同時だった。

「安次郎です。政吉が、急ぎ知らせたいことがあるといって来てますが」

「入れ」

応える前に戸襖は開けられていた。

入るなり安次郎と政吉が戸襖のそばに坐った。政吉の顔が気色ばんでいる。

「何か、起こったのだな」

問いかけた錬蔵に一膝すすめて政吉が声を上げた。

「ふたり、殺されました。清吉の長屋を見張っていた男衆ふたりが袈裟懸けに斬られて、倒れていました。傷跡は、それだけで。見事な手並みでございやした。あっしと富造が、交代する刻限に、張り込んでいるところに顔を出すと、ふたりとも袈裟懸けに斬られて、息絶えておりやした」

「そのこと、藤右衛門は知っているのか」

「鞘番所へ来る前に河水楼に立ち寄りました。あっしの話を聞いた後、主人は『この

ことを、大滝さまに知らせろ』と命じました。まかせる、と約束した、ともいってお
りました」

「そうか、藤右衛門が、そういったか」

どうやら藤右衛門は、約束どおり十日の間は、錬蔵に一件の探索をまかせるつもり
でいるらしい。

「御苦労だった。茶の一杯でも呑んでいけ。安次郎、支度をしてくれ」

「ありがてえ。実は、喉がからからだったんで」

微笑んで政吉が応えた。

すでに松倉ら同心たちは、雷神の銀八一味の足取りをたどるべく見廻りに出てい
る。政吉が帰った後、錬蔵は安次郎と前原を用部屋に呼んだ。
「屋根船が盗まれていないか、船宿など舟を持っている見世に片っ端から当たってく
れ。猪牙舟では、寝起きはできぬからな」
命じた錬蔵に安次郎が、
「じゃ、旦那は雷神の銀八一味は屋根船に分乗して、江戸湾か、深川の堀川のどこか
にいるとおもってらっしゃるんですね」

「わからぬ。清吉と子供たちが拐かされ、清吉の長屋を張り込んでいた藤右衛門の男衆ふたりが殺された。袈裟懸けに一太刀、見事な手並みであった、という。斬ったのは、おそらく、おれと刃を交えた雷神の銀八一味の鏡智神明流の使い手であろう。そのことを糸口に突き詰めていくと、雷神の銀八一味が清吉たちを拐かした、ということになっていく。が、しょせん推測の域を出ぬ。雷神の銀八が、なぜ清吉たちを拐かさねばならぬのか、その理由がわからぬ」

横から前原が声を上げた。

「昨日一日、拷問部屋で与吉を、ねちねちと責めあげました。与吉め、なかなかのしたたか者で、小出しにしか口を割りませぬ。やっと聞き出したところによると、雷神の銀八が深川にやって来た目的は高町の文五郎の隠居金を狙ってのことだそうで。何でも高町の文五郎、九百両余りの隠居金を貯め込んでいた、という噂でして、銀八に話を持ち込んできたのは車坂の弥平という文五郎の手下だと話しておりました。これは、あくまで推量でしかないのですが、行方を晦ました松月楼の作兵衛は、高町の文五郎ではないのでしょうか。作兵衛は、足繁く清吉のもとへ出向いていた由。清吉と文五郎に、何らかのかかわりがあった、と考えられぬこともありませぬ」

「清吉と作兵衛さんとの間に、深いかかわりがあるとは、とてもおもえねえ。小笹に聞くとそのあたりのことが、少しはわかるかもしれねえな」

誰に聞かせるともなくつぶやいて安次郎が首をひねった。

うむ、と錬蔵が顎を引いた。無理矢理、自分を納得させるかのような錬蔵の所作であった。

「いまは、ともかく雷神の銀八一味を追うのが先だ。仕掛かってくれ。それと、遅くとも暮六つ（午後六時）までにはもどってくれ。何があるかわからぬ」

「承知しました」

「それでは」

大刀を手に前原が、裾を払って安次郎が立ち上がった。

この日は用部屋で待つ、と錬蔵は決めていた。

探索のよすがとする手がかりのひとつも摑めていない。下手に動きまわるより、みなの知らせを待って、次なる手立てを組み立てるのが最良の策、そのためには、指図をする錬蔵の居場所をはっきりさせておく必要があると考えたからだった。

昼近く、深川大番屋に、この日、三番目となる、おもいもかけぬ人物が訪ねてきた。おざなり横丁の浜吉であった。

取り次いだ門番に錬蔵は、

「用部屋へ通せ」

と命じた。待っている錬蔵の耳に廊下を歩み寄ってくるふたりの足音が聞こえた。

その足音が止まり、戸襖越しに門番の声がかかった。

「浜吉を連れてきました」

「浜吉を用部屋に入れよ。そちは下がってよい」

「承知しました」

応えた門番が戸襖を開け、顔を向けて浜吉に入るように促した。

躰を縮められるだけ縮めて恐縮しきった様子の浜吉が、おずおずと入ってきた。

戸襖の近くに坐る。

頭を下げ、門番が戸襖を閉めた。

門番の足音が遠ざかり、聞こえなくなった。

突然……。

畳に両手を突き、浜吉が深々と頭を下げた。

「大滝さま、お助けくださいまし」

「助けてくれ、とは」

問うた錬蔵に浜吉が、
「今度の一件、浜吉には手に余りました。大滝さまに、おすがりするしかありませ
ん」
「何があったのだ」
「これを、ご覧ください」
懐から一枚の、二つ折りした書付を取りだした浜吉がにじりより、のばせるだけ手
をのばして錬蔵に差し出した。
受け取った錬蔵が書付を開いた。
〈おざなり横丁の浜吉に告ぐ　清吉と子供たちは預かった。おまえが匿っているはず
の高町の文五郎に、隠居金と引き替えに清吉と子供たちを帰す、とつたえよ。今夜、
深更九つ（午前零時）に洲崎弁天前の波除碑《なみよけ》そばにて待つ。高町の文五郎が現れぬと
きは、清吉と子供たちの命はなきものとおもえ　雷神の銀八〉
読み終えた錬蔵が、眼を向けて問うた。
「浜吉、この書付にあるとおり、高町の文五郎を匿っておるのか」
必死さを漲《みなぎ》らせた顔を上げ、躰を震わせて浜吉が応えた。
「申し訳ございません。匿っております。高町のお頭は、あっしの、命の、恩人でご

ざいます」

いうなり畳に額を擦りつけんばかりに頭を下げた。

「命の恩人、とな。高町のお頭との経緯、事細かに聞かせてくれ」

頭をもたげて、おずおずと浜吉が話し出した。

「大滝さまは高町のお頭とは、すでに何度か顔を合わせておられます」

「松月楼の下男、作兵衛が高町の文五郎か」

「お祭しの通りです。作兵衛とは仮の姿、まことは高町の文五郎お頭でございます」

「清吉と高町の文五郎のかかわりは」

「清吉さんは高町のお頭の実のお子さんでございます」

「高町の文五郎と清吉が父子だと。それはまことか」

「高町のお頭が、まだ、とある盗人のお頭の下でお務めをなさっていた頃のことでございます。元は大工だった文五郎お頭に、狙う大店をつくった大工の棟梁のもとへ潜り込み、絵図面を奪うよう、お頭から命が下ったそうでございます」

目線で錬蔵が話のつづきをうながした。

浜吉が清吉と文五郎にかかわる顚末を話し始めた。

用心深い大工の棟梁の隙を見つけ出せぬまま二年の歳月が流れた。その間、文五郎は左官職人の娘と二世を契る仲となった。やがて狙う大店の絵図面を手に入れた文五郎は大店に押し込んだ後、お頭に命じられるまま身ごもった娘を捨てて、盗人一味にもどっていった、という。

聞き終えた錬蔵がつぶやいた。

「文五郎は、そのまま時の流れに身をまかせたか」

「盗人仲間を抜けることもままならず、仲間から持ち上げられるままお頭にまつりあげられた高町のお頭は、手下を見捨てることもできず、ずるずると盗人稼業をつづけてきたそうでございます」

「老齢となり、隠居すると決めた文五郎は清吉のことが気にかかりはじめた。それで深川へ行ったら清吉のことがわかるかもしれない、と深川へやって来た。そういうことだな」

うなずいた浜吉が、錬蔵に、

「朝方、おざなり横丁の、あっしの手下に見知らぬ男が近づいてきて一分銀を握らせ、この書付を浜吉さんに渡してくれ、といって立ち去ったそうで」

「この書付を文五郎に見せたのだな」

「見せました。あっしは『手下どもを集めて助っ人する。集め終わるまで待っていてくれ』といい、住まいを出ましたが」

「手配を終えて住まいにもどると、文五郎の姿はなかったというのだな」

「〈これ以上の迷惑はかけられねえ　文五郎〉との書き置きが残されておりやした」

「よく知らせてくれた。後のことは、おれにまかせろ。わかったな、浜吉」

「大滝さま、高町のお頭は、あっしの命の恩人でございます。お願いでございます。高町のお頭と清吉さんたちを助けてくださいまし。このとおりでございます」

いうなり浜吉が平伏した。


夕刻、錬蔵は、相次いでもどってきた同心たちと前原、安次郎を用部屋へ集めた。

同心たちは異口同音に、

「雷神の銀八一味、どこへ失せたか、手がかりのひとつもつかめませぬ」

と復申した。

屋根船の聞き込みにあたった安次郎は、

「相川町の船宿で船着き場に舫ってあった屋根船が一艘、朝方、見てみると影も形もなかったそうで。何者かに盗まれたに違いないと自身番へ届け出たが、そのまま自身番からは何の知らせもない、と主人がぼやいておりました」

と復命した。前原は、

「二十軒ほど聞き込んだのですが、屋根船が盗まれた見世はありませんでした」

と申し訳なさそうに頭を下げた。

復申を聞き終えた錬蔵は、一同におざなり横丁の浜吉が昼近くにやって来たことを告げ、

「浜吉は、かつて高町の文五郎に命を助けられたことがあったそうだ。その恩に報いるために高町の文五郎を匿っていた、と申し出てきたのだ。高町の文五郎は、作兵衛と名乗り、松月楼で下男として働いていた」

「作兵衛爺さんが高町の文五郎ですって。人相書きに似ているとはおもったが、すっかり騙されたぜ」

おもわず安次郎が声を上げ、一同の間にどよめきが上がった。静まるのを待って、錬蔵がつづけた。

「雷神の銀八、何を血迷ったか作兵衛として高町の文五郎が頻繁に顔を出し親しくつきあっていた清吉と、清吉が拾って育てていた子供たちを拐かし、浜吉に、高町の文五郎につたえよ、と文を寄越してきた。今夜、深更九つ（午前零時）に洲崎弁天前の波除碑のそばへ来い。来ぬときは、清吉と子供たちの命を奪う、と書付には、書いて

あったそうだ」

あえて錬蔵は高町の文五郎の隠居金や、清吉と文五郎が、実の父子であることには触れなかった。これから先も、清吉は深川に住み、日々の暮らしをつづけていくはずであった。清吉が、盗人、高町の文五郎の子であることを、自分以外の者に知らせる必要はない、と錬蔵は考えていた。

一同を見据えて錬蔵が下知した。

「清吉と子供たちを助ける。洲崎弁天前へ斬り込むのは松倉、溝口、八木、小幡の同心とその下っ引きたちにおれと前原、安次郎の十五人。雷神の銀八一味は二十人余。人数からみても不利な戦いではない。いつもの出役とは違う手立てをとる。小袖を着流した忍びの姿で、ばらばらに洲崎弁天に向かう。いつ出かけるかは、おれの指図を待て」

眦《まなじり》を決して、一同が大きく顎を引いた。

洲崎弁天の社が暗雲に覆われた空に沈み込むように朧《おぼろ》な影を黒く浮かせている。

境内の海際に建ちならぶ茶店近くの岸辺に三艘の屋根船が横付けされていた。舫綱を長くのばし茶店の柱を杭代わりにしている。

洲崎弁天の境内と前面に広がる野原を区切って、表門の左右に板塀と柵が延びていた。

波除碑は、板塀に沿った参道をはさんで、表門の斜め前に位置している。

波除碑の野原に面したところに、後ろ手に縛られ、数珠《じゆず》つなぎにされた清吉と子供たちが坐らされていた。その前に、雷神の銀八、尾田三九郎、車坂の弥平、角吉ら手下たちが居流れている。

「来ますかね、高町の文五郎」

話しかけた車坂の弥平に雷神の銀八が、

「わからねえ。高町の文五郎が来なかったら、清吉と五人の子供たちの骸《むくろ》が波除碑の前にさらされることになる。ただそれだけのことさ」

せせら笑った銀八が、前方を見据えた。

「来たようだぜ。しかも、ひとりで」

夏草の生い茂る野原を波除碑に向かって歩いてくる黒い影があった。

迎え撃つためか手下たちが左右に散った。近づくにつれ黒い影の姿が、すこしずつ明らかになっていく。小袖を着流した初老の男の顔が、見分けがつくような間合いになった。その顔は清吉たちが作兵衛と呼んでいた男のものに違いなかった。

歩み出た雷神の銀八が声をかけた。

「なるほど人相書きのとおりだ。高町の文五郎、出会えて嬉しいぜ」

鋭く見返して高町の文五郎が応えた。

「雷神の銀八か」

走らせた文五郎の眼が、雷神の銀八の左手に立つ車坂の弥平をとらえた。

「車坂の弥平」

驚愕が文五郎の顔を覆った。

が、それも一瞬のこと、文五郎が自嘲めいた笑みを片頬に浮かべた。

「なるほど、てめえがおれのことを、いろいろと雷神の銀八に告げたのか。てめえを片腕と信じて、気を許したおれはとんだ虚《うつ》け者だったぜ」

「おれたち手下を見捨てて、てめえの都合で、さっさと一味をばらしたのは誰だ。そんな野郎に、義理を通す筋合いはねえ」

吠えた車坂の弥平に高町の文五郎が、

「弥平、いまのことばを聞いて、すっきりしたよ。須走の甚助が、おれを呼び出し、匕首をつきつけたときも驚いたぜ。その前におれの持ち物を狙って男と女が不意打ちを仕掛けてきた。それで誰かがおれを狙っていると察した。おかげで甚助に情けをかけることなく始末できたがな」

「高町の文五郎、てめえの命はおれたちが握っているんだ。おれの聞くことに素直に応えて命乞いをしろ。時と場合によっちゃあ手下にしてやってもいいぜ」

薄笑いを浮かべた雷神の銀八に高町の文五郎が告げた。

「その前に清吉さんや子供たちを解き放しな。話は、それからだ」

「そんなこたあ、てめえが、おれのいうことを聞いてからだ。寝惚けたことをいうんじゃねえ」

「そうかい。どうせ、そんなことだろうとおもっていたよ」

いうなり高町の文五郎が雷神の銀八めがけて飛びかかった。懐から抜きはなった匕首を手にかざし、突きかかる。身軽な動きだった。

不意をつかれた銀八が、あわてて身を躱《かわ》した。

意外にも、文五郎は銀八を見向きもしなかった。

一気に波除碑の前に駆け寄った。

「清吉さん、すまねえ」

声をかけた途端、文五郎が低く呻いてのけぞった。尾田三九郎が、文五郎の背後で大刀を袈裟懸けに振り下ろしていた。

よろけながら文五郎が清吉たちに歩み寄った。

「三九郎さん、息の根をとめちゃいけねえ。文五郎には聞き出すことが残っている」

銀八の声に振り向いた三九郎だったが、背後の気配に振り返った。

いつの間に現れたか、波除碑の後ろに多数の黒い影が見えた。手に手に大刀や長脇差を抜き連れている。後詰めの者か、その背後に人影が見えた。

黒い影の動きは迅速だった。死力を振り絞り、清吉の縄を切ろうとしてにじり寄る文五郎と三九郎、雷神の銀八や一味の者たちの間に、一瞬のうちに割って入った。

前に立った黒い影のひとりを見据えた三九郎が吠えた。

「大滝、錬蔵か」

一歩、前に出て錬蔵が告げた。

「深川大番屋支配、大滝錬蔵である。通報を受け、洲崎弁天の神官に話をつけ、境内に潜んで飛び出す機会をうかがっていた。神妙に縛《ばく》につけ」

「勝負だ」

上段に構えて尾田三九郎が吠えた。

「溝口、こ奴は手強い。雷神の銀八一味の捕縛は、おまえの差配にまかせる。手に余れば斬れ」

下段に刀を置いて錬蔵が命じた。

「存分に腕をふるわせてもらいますぞ。下っ引きたちは清吉たちを守れ。同心組に、前原、安次郎は、おれにつづけ」

右八双に構えた溝口が車坂の弥平に斬りかかった。前原、安次郎、小幡らが角吉一味の者に襲いかかった。

「くそっ、やられてたまるか」

車坂の弥平が長脇差を手に溝口に斬りかかった。溝口が弥平の長脇差に大刀を叩きつける。その勢いのあまりの強さに、弥平がよろけた。その肩口に溝口の袈裟懸けの一刀が炸裂した。肉が切り裂かれ、骨が断ち切られる鈍い音が響いた。

大きく呻いた弥平が前のめりに倒れ込んだ。そのまま動かない。すでに息絶えていた。

下段に構えた錬蔵と尾田三九郎は睨み合ったまま動こうとしなかった。

たがいに、

〈腕は互角〉

と読み合っていた。

いずれみせるであろう、わずかな隙を窺っている。

まわりで鋼《はがね》をぶつけあう鈍い音が響いている。その音も錬蔵と三九郎の耳には届いていないようだった。ただ、睨み合っている。


激しく斬り結んでいた安次郎と角吉が鍔迫り合いとなった。

力比べで押し合う。

長脇差を滑らせて躰を寄せた安次郎が肘で突いた。角吉が痛みに呻いたとき、飛び下がりざま安次郎が横薙ぎに長脇差を振った。

長脇差は見事に角吉の脇腹を、深々と切り裂いていた。腹から血を溢れさせ、角吉が数歩よろめき、膝をついて顔から倒れ込んだ。

雷神の銀八一味は、逃げようとしなかった。あくまで挑みかかってきた。斬り結ぶ松倉が草の根にでも足をとられたか倒れ込んだ。止めをさすべく長脇差を突き立てようとした手下の背中に小幡が斬りつけた。背中を断ち割られた手下が、大きくのけぞって地に伏した。

「小幡、すまぬ」

声をかけ、立ち上がった松倉に、ちらりと眼をくれただけで小幡は別の手下へ斬りかかっていった。

髭面の屈強そうな手下と八木が斬り結んでいる。突きかかった八木の大刀に髭面が長脇差を振り下ろした。受け損ねた八木が不覚にも刀を取り落とした。あわてて八木が小刀を抜いた。容赦なく斬りかかる髭面に八木は後退った。逃げ腰の八木があわや、といった瞬間、髭面に斬りかかった浪人がいた。浪人とみえたのは前原だった。

「おれが、相手になる」

正眼に構えた前原を見据えた髭面が、

「しゃらくせえ。斬り殺してやる」

怒鳴って上段から斬りかかった。

右へ飛んだ前原は髭面に突きを入れた。切っ先は深々と髭面の首に突き立ち、貫いていた。

大刀を前原が引き抜くと同時に、髭面の首から血が噴き出した。激しく痙攣した髭面がその場に膝を突き、崩れ落ちた。

剣を振りかざし手下たちに迫っては一刀のもとに斬り倒す。溝口の動きは、まさしく獅子奮迅《ししふんじん》の働きといえた。

その溝口が、動きを止めた。身を低くして生い茂る夏草にまぎれ洲崎の土手へ向かって逃げようとしている男がいた。

「逃がさぬ」

声高にいい、溝口が後を追った。

男が振り返った。

「死んじまったらお仕舞いだ。どんなことをしても逃げる気でいたが、こうなりゃ破れかぶれ、雷神の銀八、逃げも隠れもしねえぞ」

わめきながら溝口に斬りかかった。溝口が迎え撃つ。二度、三度と刃をぶつけあった。

が、そこまでの勝負だった。

斜めに振り下ろした銀八の長脇差を溝口の渾身《こんしん》の一撃が叩き折っていた。折れた長脇差で突きかかった雷神の銀八の顔を、上段から振り下ろした溝口の一刀が幹竹割に断ち切った。額から顎にかけて血の筋を浮かせ、雷神の銀八が、もんどりうって倒れた。

「御支配、雷神の銀八を討ち取りましたぞ」

大声で溝口が呼びかけた。

その声が響き渡ったとき、尾田三九郎が動いた。袈裟懸けに斬りかかる。錬蔵は、わずかに右に飛んで身を躱し、下段から振り上げた刀を袈裟懸けに振り下ろし、返す刀を逆袈裟に振り上げていた。

左肩と右脇腹に錬蔵の二太刀を受けた三九郎が片膝をついた。地に突き立てた大刀で躰を支える。錬蔵を睨め付けた。

「大滝、貴様に負けたわけではない。お頭が、雷神の銀八が討ち取られた。それで、焦った。焦りに、焦った、おれのこころに負けたのだ。おれは、貴様に、負けたのではない、ない」

地の底から響いてくるような三九郎のつぶやきだった。

「負けては、いない」

それが最期だった。大刀の柄から三九郎の手がずり落ち、そのまま俯せた。

横たわる三九郎の傍らに大刀が鈍い光を放って突き立っている。

油断なく尾田三九郎を見据えていた錬蔵だったが、絶命したのを見極めたか踵を返した。

清吉たちに駆け寄る。

気づいた清吉が顔を上げた。高町の文五郎を抱きかかえていた。

「大滝さま、作兵衛さんが、みんなの縄を切ってくれました。助けて、くれました。

命がけで」

「文五郎、おれだ」

片膝をついて錬蔵が声をかけた。

「大滝さま、お許しくだせえ。おまえさまを、あっしは欺《あざむ》いて、おりました」

「浜吉から、すべて聞いた。何もいうな」

「浜吉が、知らせてくれたんで、浜吉は、いい奴」

いいかけた文五郎が大きく咳き込んだ。

「作兵衛さん、しっかりしてくれ」

声を高めた清吉に文五郎が眼を向けた。

「清吉さん、頼むよ。おれを、縁切柳の川よりの根元に埋めておくれ。約束どおり、埋めて、おくれ」

「そんなこと、いわないでくれ。小笹がいっていた。作兵衛さんは、清吉さんのお父っつぁんじゃないか、そんな気がするって。清吉さんを見る目でわかるって」

「馬鹿なことを。おれは、盗人の高町の文五郎。すっ堅気の左官職人の、清吉さんのお父っつぁんのはずがねえ。お父っつぁん、なんかじゃねえよう」

「作兵衛さん」

「お父っつぁんじゃねえ。小笹ちゃんと、末永く、仲良く暮らしな。おらあ、おらあ、いい夢、見させてもらった。清吉さんや子供たちと、遊んだこと、忘れねえ。息子と孫たちに囲まれた気が、したもんだぜ。清吉さん、ありがとうよ」

「作兵衛さん、いや、お父っつぁんだ。祖父ちゃんから聞いた、お父っつぁんの顔だ、作兵衛さんの顔は、話に聞いた、お父っつぁんの顔だ」

「お父っつぁんじゃねえ、おれは」

抱いた清吉の右手を、高町の文五郎が強く握りしめた。

「お父っつぁんじゃ、ねえよう」

握りしめた文五郎の手から力が抜け、清吉の右手から剝がれるように離れて落ちた。

「死ぬな。死ぬなよ。死んじゃ厭《いや》だ。厭だよ」

こらえきれずに涙を溢れさせた清吉が、文五郎の躰を強く揺すった、何度も何度も揺すりつづけた。が、その度に文五郎の躰は、力なく、ただ揺れるだけだった。

子供たちが泣き出した。その泣き声は、あちこちに骸の転がる洲崎弁天前の野原に響き渡った。

翌日は、昨夜、空を覆っていた黒雲が嘘のように、からりと晴れ渡っていた。

縁切柳の下に、錬蔵は安次郎、清吉とともにいた。鍬《くわ》を手にした安次郎と清吉が、縁切柳の川よりの根元を掘っている。高町の文五郎が、自分の骸を葬ってくれ、と言い残した場所であった。

鍬を振り下ろした安次郎が、動きを止めた。

「何か、あるか」

問いかけた錬蔵に、顔を上げて安次郎が応えた。

「何か固いものの手応えが」

鍬を置いて安次郎がしゃがみ込んだ。手で土を掘っていく。清吉もそれにならった。

「壺だ。壺が、ふたつ埋まってますぜ」

驚きの声を安次郎が上げた。

壺の口に油紙が被せてあり、外れぬように細縄で縛ってあった。一方の壺の細縄を、安次郎がほどいた。用心深く、油紙をはがす。

壺のなかをのぞき込んだ安次郎が、

「小判だ。小判が、ぎっしり詰まっている」

「これは」

驚愕して息を呑んだ清吉が、錬蔵を見上げた。

「作兵衛の弔い金だ。弔いを頼まれたのは誰でもない。清吉、おまえだ。この金は作兵衛が、弔い代の足しにしてくれ、と遺していったものだ。おまえが受け取っていい金だ。作兵衛の弔いをすませ、残った金で小笹を身請けする。まだ残っていたら、子供たちのために使えばよい。捨て子を拾ってきて育てる。御上に出来ぬことをやっているのだ。この金は、そのために使え、と作兵衛が遺していった、天からの授かり物なのだ」

「大滝さま。おことばに甘えていいものかどうか」

途惑いを露わにした清吉の物言いだった。

ぽん、と安次郎が清吉の肩を叩いた。

「いいのさ。大滝の旦那が仰有ったじゃねえか。この金は、天からの授かり物だって。福の神が作兵衛爺さんの躰を借りて、清吉さんの前に現れたのさ。そう、信じることだ。信じて、金の出もとは、小笹以外、誰にもいわないことだ。大滝の旦那とおれと小笹と清吉さん、四人だけの秘密事だ。わかったな」

「安次郎さん」

「安次郎のいうとおりだ。福の神が舞い降りた。それで、いいのさ」

笑みをたたえて錬蔵がいった。

「大滝さま、安次郎さん」

縋《すが》る眼で見やった清吉が、あまりのことに腰が抜けたのか、へなへなとその場に坐り込んだ。

魂が抜けたかのように身動きひとつせぬ清吉を、傍らに立った錬蔵と安次郎が微笑んで見つめている。


数日後……。

六万坪のはずれにある藤右衛門の持ち家では、瀟洒《しようしや》なつくりの建家とは、およそ不釣り合いな、粗末な出で立ちの者たちが忙しく立ち働いていた。

古びた簞笥を、清吉と安次郎が、ふたりがかりで持ち上げ、家のなかへ運び込んでいる。小笹や伊作ら子供たちが、風呂敷包みを抱えて、家の中へ入っていく。襷がけしたお紋が、箱膳数膳を抱きかかえるようにして運んでいった。

庭先に置いてある荷車には、みるからに安手の、使い古した葛籠や鍋、釜、行燈、夜具などが積んである。

引っ越しは始まったばかりであった。

立ち働く清吉たちを、庭の外れに立った錬蔵と藤右衛門が見つめている。

「寮を貸そう。未来永劫、使ってくれていい、と申し出てくれた藤右衛門の心づかい、ありがたいとおもっている。作兵衛の弔いも出し、小笹の身請けもすんで、つっきりで子供たちの世話をする者もできた。あと二、三人、捨て子を拾ってきても育てられそうだが狭い長屋暮らし、そうもいきませぬ。どうしたものか、と清吉が悩んでいたところだった」

「清吉には迷惑をかけましたからな。その詫びがわりでもあります。何よりも、捨て子を拾って、育ててやるという清吉の行い。欲深の私には、とても真似の出来ぬことと。出来ぬことをやっている清吉の手助けをしてやりたい。隠居したときにでも住もう、と買っておいた、いつ住むかわからぬ寮。清吉が捨て子を拾って育てる場として使ってくれれば、建家にこころがあるのなら、さぞ喜ぶことでございましょうよ」

「捨てる神あれば拾う神あり、という。人のこころには、善と悪とが隣り合わせで住んでいるのかもしれぬな」

「さあ、そこのところは、どうでしょうか。悪を貫く者は、あくまで悪人でしかありませぬ。ただ」

「ただ」

鸚鵡返しした錬蔵を藤右衛門が見やった。いままで見たことのない、優しげな藤右衛門の眼差しだった。

「ただ、生まれ落ちたばかりの赤子には、悪人はいないのではないか、と。悪に染まるには染まるなりの暮らしが、暮らしが造り上げる懊悩《おうのう》と我欲が、善悪の区別のつかぬ真っさらな赤子のこころを、悪に誘い込もうと待ち受けているのではないか、と。これは、私だけの、思い込みかもしれませぬが」

「生まれ落ちたばかりの赤子には悪人はおらぬ、か」

つぶやいた錬蔵の耳に、蟬の鳴き声が飛びこんできた。梅雨が明け、暑い夏が始まったのだろう。

突然……。

子供たちの笑い声が響いた。その声が、錬蔵のこころに、温もりを湧かせた。

雲ひとつない青空が広がっている。涼やかな風が、絶え間なく吹き渡っていた。そのせいか、照りつける陽差しが柔らかくさえ感じられる。新たな門出にふさわしい、最高の日和《ひより》といえた。

【参考文献】

『江戸生活事典』三田村鳶魚著　稲垣史生編　青蛙房
『時代風俗考証事典』林美一著　河出書房新社
『江戸町方の制度』石井良助編集　人物往来社
『図録　近世武士生活史入門事典』武士生活研究会編　柏書房
『図録　都市生活史事典』原田伴彦・芳賀登・森谷尅久・熊倉功夫編　柏書房
『復元　江戸生活図鑑』笹間良彦著　柏書房
『絵で見る時代考証百科』名和弓雄著　新人物往来社
『時代考証事典』稲垣史生著　新人物往来社
『考証　江戸事典』南条範夫・村雨退二郎編　新人物往来社
『新編　江戸名所図会　～上・中・下～』鈴木棠三・朝倉治彦校註　角川書店
『武芸流派大事典』綿谷雪・山田忠史編　東京コピイ出版部
『図説　江戸町奉行所事典』笹間良彦著　柏書房
『江戸町づくし稿―上・中・下・別巻―』岸井良衛　青蛙房
『江戸岡場所遊女百姿』花咲一男著　三樹書房

『江戸の盛り場』海野弘著　青土社
『天明五年　天明江戸図』人文社

吉田雄亮著作リスト

修羅裁き	裏火盗罪科帖	光文社文庫	平14・10
夜叉裁き	裏火盗罪科帖㈡	光文社文庫	平15・5
繚乱《りょうらん》断《だ》ち	仙石隼人探察行	双葉文庫	平15・9
龍神裁き	裏火盗罪科帖㈢	光文社文庫	平16・1
鬼道裁き	裏火盗罪科帖㈣	光文社文庫	平16・9
花魁《おいらん》殺《さつ》	投込寺闇供養	祥伝社文庫	平17・2
閻魔《えんま》裁き	裏火盗罪科帖㈤	光文社文庫	平17・6
弁天《べんてん》殺《さつ》	投込寺闇供養㈡	祥伝社文庫	平17・9
観音裁き	裏火盗罪科帖㈥	光文社文庫	平18・6
黄金小町	聞き耳幻八浮世鏡	双葉文庫	平18・11
火怨裁き	裏火盗罪科帖㈦	光文社文庫	平19・4
傾城《けいせい》番附《ばんづけ》	聞き耳幻八浮世鏡	双葉文庫	平19・11
深川鞘《さや》番所		祥伝社文庫	平20・3

転生《てんしょう》裁き　裏火盗罪科帖(八)　光文社文庫　平20・6
放浪悲剣　聞き耳幻八浮世鏡　双葉文庫　平20・8
恋慕舟　深川鞘番所②　祥伝社文庫　平20・9
陽炎《かげろう》裁き　裏火盗罪科帖(九)　光文社文庫　平20・11
紅燈川　深川鞘番所③　祥伝社文庫　平20・12
遊里ノ戦　新宿武士道(1)　二見時代小説文庫　平21・5
化粧《けわい》堀　深川鞘番所④　祥伝社文庫　平21・6
夢幻《むげん》裁き　裏火盗罪科帖(十)　光文社文庫　平21・10
浮寝岸　深川鞘番所⑤　祥伝社文庫　平21・12
逢初《あいぞめ》橋　深川鞘番所⑥　祥伝社文庫　平22・3
縁切柳　深川鞘番所⑦　祥伝社文庫　平22・7

一〇〇字書評

切り取り線

縁切柳

上質のエンターテインメントを！　珠玉のエスプリを！

祥伝社文庫は創刊十五周年を迎える二〇〇〇年を機に、ここに新たな宣言をいたします。いつの世にも変わらない価値観、つまり「豊かな心」「深い知恵」「大きな楽しみ」に満ちた作品を厳選し、次代を拓く書下ろし作品を大胆に起用し、読者の皆様の心に響く文庫を目指します。どうぞご意見、ご希望を編集部までお寄せくださるよう、お願いいたします。

二〇〇〇年一月一日　祥伝社文庫編集部

祥伝社文庫

縁切柳《えんきりやなぎ》　深川鞘番所《ふかがわさやばんしょ》

平成二十二年七月二十五日　初版第一刷発行

著者　吉田雄亮《よしだゆうすけ》

発行者　竹内和芳

発行所　祥伝社

東京都千代田区神田神保町三-六-五
九段尚学ビル　〒一〇一-八七〇一
電話　〇三（三二六五）二〇八一（販売部）
電話　〇三（三二六五）二〇八〇（編集部）
電話　〇三（三二六五）三六二二（業務部）
http://www.shodensha.co.jp/

印刷所　堀内印刷

製本所　ナショナル製本

カバーフォーマットデザイン　中原達治

造本には十分注意しておりますが、万一、落丁、乱丁などの不良品がありましたら、「業務部」あてにお送り下さい。送料小社負担にてお取り替えいたします。

　ISBN978-4-396-33600-4 C0193

祥伝社文庫の好評既刊

吉田雄亮
浮寝岸《うきねぎし》
深川鞘番所

悪の巣窟、深川で水面下で何かが進行している⁉ 鞘番所壊滅を図る一味との壮絶な闘いが始まる。

吉田雄亮
逢初橋《あいぞめばし》
深川鞘番所

深川の町中で御家騒動が勃発。深川の庶民に飛び火せぬために、大滝錬蔵は切腹覚悟で騒動に臨む。

岳 真也
文久元年の万馬券

万延、文久、慶応…明治。幕末の動乱に巻き込まれ、日本競馬に命をかけた男がいた！

岳 真也
湯屋守り源三郎 捕物控

湯屋を守る用心棒の空木源三郎。湯女殺しの探索から一転、押し込み強盗計画を暴き、大捕物が繰り広げられる！

岳 真也
深川おけら長屋
湯屋守り源三郎 捕物控

ベテラン作家初の捕物帖第二弾！ 滅法たよりになる長屋住まいの訳あり浪人が、連続辻斬り事件に挑む。

岳 真也
千住はぐれ宿
湯屋守り源三郎 捕物控

密命を受けた源三郎はいざ、日光街道へ。が、初っ端《しょぱな》から騒動に巻き込まれ……。

祥伝社文庫の好評既刊

風野真知雄　新装版　幻の城　大坂夏の陣異聞

密命を受け、根津甚八らは八丈島へと向かう。狂気の総大将を描く、もう一つの「大坂の陣」。

小杉健治　札差《ふださし》殺し　風烈廻り与力・青柳剣一郎

貧しい旗本の子女を食い物にする江戸の闇。人呼んで〝青痣〟与力・青柳剣一郎がその悪を一刀両断に成敗する！

小杉健治　火盗殺し　風烈廻り与力・青柳剣一郎

火付け騒動に隠された陰謀。その犠牲となり悲しみにくれる人々の姿に、剣一郎は怒りの剣を揮った。

小杉健治　八丁堀殺し　風烈廻り与力・青柳剣一郎

闇に悲鳴が轟《とどろ》く。剣一郎が駆けつけると、同僚が斬殺されていた。八丁堀を震撼させる与力殺しの幕開け…。

小杉健治　二十六夜待《にじゅうろくやまち》

過去に疵《きず》のある男と岡っ引きの相克、情と怨讐。縄田一男氏激賞の著者ならではの、〝泣ける〟捕物帳

小杉健治　刺客殺し　風烈廻り与力・青柳剣一郎

江戸で首をざっくり斬られた武士の死体が見つかる。それは絶命剣によるもの。同門の浦里左源太の技か!?